subkultur

FÜR E. und M.

www.subkultur.de

JAN URBANEK

JAN URBANEK, geboren 1961 in Trèves, ist Kulturwissenschaftler, Autor, Fotograf und Musiker.

POPSOG ist sein Debüt als Erzähler – und sein erstes Buch, das kein Fachbuch ist. Er lebt mit einer Katze und ihrer Angestellten in der Nähe von Köln.

www.janurbanek.de

subkultur

JAN URBANEK

POPSOG

www.subkultur.de

In diesem Buch kommen, neben Album- und Songtiteln, zahlreiche Bandnamen, Künstlernamen und Eigennamen von Clubs und anderen Institutionen vor. Zudem Slang- und Fachbegriffe. Wir haben einiges probiert, um dies kenntlich zu machen, haben aber wegen deren Menge schlussendlich ganz darauf verzichtet.
Song- und Albumtitel sind in einfachen Anführungszeichen. Alle anderen Begriffe und Eigennamen wurden im Interesse des Leseflusses in der Standardschrift belassen.

Das Lektorat

JAN URBANEK: „POPSOG"
1. Auflage, April 2024, Edition Subkultur Berlin

Inh. Marion Alexa Müller, Bornholmer Str. 81a, 10439 Berlin
www.subkultur.de

Coverfoto und alle weiteren Bilder: Jan Urbanek
Lektorat, Satz & Layout: Thomas Manegold
Made in EU
Gedruckt auf FSC- und PEFC-zertifiziertem Werkdruckpapier
Buch ISBN: 978-3-948949-37-2
eBook ISBN: 978-3-948949-38-9

00 ∞ NOW

Mein Vater ist gestorben. Meine Katze ist gestorben. David Bowie ist gestorben. Lemmy Kilmister ist gestorben. Herman Brood ist gestorben. Langsam verlerne ich zu leben, wenn ich nicht aufwache.

Ich sitze in einem leeren Regionalzug, der mich nach zwei Stunden und 39 Minuten in einen ebenso menschenleeren Vorortbahnhof entlässt, sechs Kilometer von meinem Ziel entfernt. Montag, Mittwoch und Freitag gibt es hier gegen Mittag keine Taxis. Alle vorgebucht von Dialyse-Patienten, für lange Fahrten in die nächste Großstadtklinik. Und zurück.

Ich stehe am Gleis. Die immer rauchende Besitzerin der Kneipe „Am Bahnhof" ist gestorben. Alle haben geraucht in diesem Laden. Nie wieder Currywurst und Pommes draußen, auf der Terrasse, neben der in einem kleinen Glaskasten, hinter Spinnweben versteckten und vom schwarzgrauem Abrieb der Zugbremsen kaum noch lesbaren Speisekarte. Auf dem Boden tote Insekten bzw. das, was die Verwesung und andere, noch lebende kannibalische Kreaturen von ihnen übrig gelassen haben.

Ich habe „Am Bahnhof" immer als „A-Moll Bahnhof" gelesen, Musikerkrankheit. Rein klanglich assoziierte ich aber einen E-Moll-Akkord mit sich verzweifelt reibender großer Septime, gespielt von einer ganz tief runtergestimmten E-Gitarre. Vielleicht Bm/maj7. Clean, mittig, nur mit einem ganz kurzen Raum-Sound. Kein Hall.

Wenn ich versuchte, diese Stimmung, diese Farbe, diese Verlassenheit zu fotografieren oder zu filmen, scheiterte ich jedes Mal. Nein, es war eigentlich kein Scheitern – es passierte nur nicht das, was ich erwartete. Jedes Mal schlich sich von hinten, unten, irgendwo eine Wärme in diese Bilder, und die Enge war verschwunden. Ich hatte an diesem Bahnhof traurige Nachrichten gelesen, mich gestritten, mich alleine gefühlt, mich befreit gefühlt und Angst gehabt. Er gehörte zu jenem Ort, den ich seit vierzig Jahren verlassen wollte, und in den ich immer wieder gerne zurückkehrte.

Der Bahnhof war immer nur Übergang, aus oder in diese Kleinstadt, die sich inzwischen leblos geschrumpft hatte, in der ich bei jedem Besuch weniger Menschen traf, die ich kannte, bald auf der Straße niemanden mehr. Dann schloss die letzte von unseren Kneipen. Das „unser" war schon lange tot. Nach zehn Jahren war ich Besucher, und irgendwann übernachtete ich auch mal in einem Hotel. Aber es war anders, als ich mir das als Kind vorgestellt hatte: Ich wollte immer mal als Fremder in der Stadt ankommen, später mal, mich dann einsam in Erinnerungen verlieren, in einem kleinen Zimmer mit dunklen Möbeln und einem schmalen Bett trinken. Jetzt übernachtete ich einfach nur, hatte ein mieses Frühstück und ging zur überfüllten Wohnung meiner Eltern, wo alle Schlafplätze von Nichten, Neffen und deren Anhang belegt waren. Diese Episode war genau so aus jeder Authentizität gefallen wie die ganze Stadt.

Nur der Bahnhof war Jahrzehnte immer gleich geblieben. Ein altes Sandsteingebäude aus dem frühen 20. Jahrhundert, das aussah wie ein kleines Schloss, eine düstere Unterführung zu Gleis 2, die nach feuchtem Keller roch. Irgendwann wurden die alten Mauern gereinigt, und an der gegenüberliegenden Bahnsteigkante kamen eingearbeitete Reliefs zutage. Große Rauten mit Hakenkreuzen. Ich dachte oft daran, dass alle Menschen, die diese Embleme früher gesehen hatten – damals, als man sie sehen sollte – auch in der ganzen Zeit nach 1945, in der Moos über die Sache wuchs, sie sicher nicht ausgeblendet haben konnten. Irgendwann in den späten 80ern waren sie dann weg. Erst die Rauten, dann sicher auch diese stummen Bedarfsblinden. Die Moosgucker.

Nach einer Stunde hält ein Bus. ∞

01 ∞ BORN

Ich wurde Jan Jerzy Lotar getauft. „Lotar? Da könnt ihr ihn auch gleich Lumumba nennen", soll der Vater meines Vaters seinem Sohn mit auf den Weg ins Krankenhaus der Niederkunft gegeben haben. Patrice Lumumba, kongolesischer Politiker, war auf den Tag genau fünf Monate vor meiner Geburt ermordet worden, angeblich von belgischen und britischen Kolonialisten. Welcome. Und die in Schwarz gekleideten alten Tanten, deren Verwandtschaftsbeziehung zu uns sich mir nie erschloss, kleine betagte Frauen mit winzigen Gebetsbüchern, sollen ähnlich entsetzt gewesen sein und haben mich immer nur Jerzy genannt. Jerzy ist die polnische Version von Georg, einem Heiligen. Lotar oder germanisiert Lothar war für sie bestenfalls ein Kaiser. Was so nicht stimmte. Ich erinnere mich düster daran, dass sehr früh etwas nicht stimmte mit meinem Namen, und dass die düsteren Frauen mich kleines Kind nicht mochten. Sie standen oft reglos wie Skulpturen vor dem Haus meiner Oma, um sich dann in Zeitlupe auf mich zu zu bewegen. Ich habe nie mit ihnen gesprochen.

Es ist lange her. Die dunklen Tanten waren schon verschwunden, bevor die ebenfalls dunklen Telefone gegen die grauen Modelle mit transparenter Wählscheibe ausgetauscht wurden. Sofern es was zu tauschen gab.

Mein Leben war schwarzweiß. Es begann 16 Jahre nach dem 2. Weltkrieg, und ich möchte gar nicht wissen, wem ich als Kind so alles über den Weg gelaufen bin. Was der herrisch bellende alte Schwimmlehrer fünfundzwanzig Jahre früher getrieben hatte, und warum Menschen sich nach drei, vier Schnäpsen bereiterklärten, „das mit den Baader-Meinhof-Terroristen" selbst zu erledigen, wenn man sie nur ließe. Ich war zehn Jahre alt, hasste Gewalt und spürte die bedrohliche Kompetenz der ehrenamtlichen Vollstreckungsgehilfen.

Viel später erfuhr ich auch mehr über den immer düster dreinblickenden Herrn mit breitkrempigen Hut, der jeden Morgen im langen Mantel und mit Aktentasche aus seinem schlammfarbenen VW-Käfer stieg, um zu unterrichten. Wir lebten im Dachgeschoss einer Landwirtschaftsschule, und sein Volkswagen stand zwischen neueren roten und alten grünen Treckern, die man ab 16 fahren durfte. Ich habe ihn nie reden gehört. Herr D. nickte Erwachsenen nur kurz zu und wirkte konstant wächsern. Nicht bedrohlich, nicht traurig. Konzentriert, starr, vielleicht doch düster. Er entfernte sich immer sehr schnell von seinem Auto, das vor dem rechten Flügel der Schule parkte, die für ein paar Jahre in einem alten Barockschloss untergebracht war. Nachmittags kam er wieder aus dem Gebäude, ging zielstrebig zu seinem Fahrzeug und fuhr los. Der Motor seines VW klang sehr merkwürdig für uns, und wir Kinder hofften immer, er würde mal explodieren. Das passierte aber nie.

Als Kind hatte Herr D. mitmarschieren gedurft. Er überlebte den Wahnsinn. Im Leben danach wurde er nicht wirklich alt. Ich habe so oft gerätselt, was das Geheimnis des Mannes mit dem dunklen VW sein könnte. Vielleicht hatte er ja keine Geheimnisse.

Viele, die ich nach anderen, schöneren Geschichten hätte fragen können, sind jetzt nicht mehr da. Nach spannenden Geschichten, oder nach Erklärungen für als Kind aufgeschnappte Halbsätze, die gegen Ende leiser wurden und in die von Kohleöfen überheizte Sonntagnachmittags-Wohnzimmer der späten 60er-Jahre eine unerträgliche Spannung reinbrachten. Es war dann immer einen Moment lang still. Solche Momente sammelten sich und sie klebten zusammen. Ich wollte dann immer rausgehen. Da war etwas, das mich von meiner Familie trennte. Es gab Geheimnisse.

Mein Leben wurde früh bunt. Es begann sechs Jahre vor dem Summer of Love und ‚Jimi Plays Monterey', Ereignisse, die etwas später bei uns ankamen, wie alles aus Übersee. Meine Mutter las damals eine Zeitschrift, die „Underground" hieß. Der Titel des schwarzen Magazins sah für mich spannend aus. Es war eine Jugendzeitschrift, die von 1968 bis 1970 im Handel war. Es war die Zeit der Studentenbewegung, ich war jetzt acht Jahre alt, meine Mutter Ende 20.

Ich habe nach dem Tod meines Vaters ein paar Kisten voller Fotos gefunden, auch Briefe, Notizen und leere Umschläge. Ich habe alles sortiert, versucht zu verstehen, mich an unbekannten Orten gesehen. Ein Trip durch das Leben meiner Eltern, meiner Geschwister und meiner ganzen Großfamilie. Durch mein Leben. Die Beschäftigung damit war bewegend, beunruhigend. Fragen konnte ich nur noch meine Mutter. Was dabei immer klarer und bedrohlicher wurde und als Schatten geblieben ist: Ich kann nicht mehr so weit nach vorne blicken, wie ich zurückschauen kann.

Die Geschichten aus der Vergangenheit klingen wie lange, kratzige Samples im klassischen Loewe-Opta-Röhrenradio-Sound.

Meine Mutter hat nicht nur zwei unterschiedliche Geburtsdaten in diversen Dokumenten, sie hat auch mehrere Namen: Ihr deutscher Geburtsname Elisabeth Anna wurde 1940 in Luxembourg als Elise Anne dokumentiert – aus ihrer Mutter Franziska wurde damals Francoise, mein polnischer Großvater Jan wurde in Deutschland Johann genannt, in Luxembourg hieß er amtlich Jean. Bureaukratiewski.

Die einzigen Worte meines Großvaters, an die ich mich erinnern kann, sind „Gute Morgen, Jungsch". Vielleicht hat er das so auch nur dreimal zu mir gesagt, aber diese Worte haben sich eingebrannt. Denn sonst hat er nichts zu mir gesagt. Wenn ich bei meinen Großeltern in Ferien war, auf dem Dorf, waren die Wiesen, die ich auch vom Rand der Kleinstadt kannte, größer, grüner, und lagen direkt hinter dem Haus. Ungemäht. Im Stall waren kleine Schweine, und ich mochte ihren Geruch. Wenn ich morgens wach wurde, ging ich die merkwürdig verrundeten Stufen der verzogenen und knarrenden Holztreppe runter in die Küche. Halb links, gegenüber der Tür, stand ein alter Herd, der zum Heizen und Kochen genutzt wurde. Ein Kohle- und Holzofen, mit mehreren Klappen und Schubladen, einer altweißen Emaille-Front, eingerahmt und gehalten von einem blitzenden Stahlrohr-Skelett. Dieses Möbelstück faszinierte mich. Ich hatte mir schon als Zweijähriger die Finger verbrannt, als meine ersten Laufversuche regelmäßig direkt vor dem Herd endeten. Einmal suchte ich Halt und schrie. Ich habe dieses Kraftwerk trotzdem weiter geliebt.

Schaute ich nach dem Eintreten nach rechts, wurde ich vom Licht, das durch ein kleines rechteckiges Fenster fiel, geblendet, denn es waren immer Sommertage. Großvater saß rechts am Küchentisch, vor sich sein Landewyck-Tabak, Blättchen, ein Aschenbecher und ein Schnaps. Das kleine, leicht konische Glas war mir vertraut, denn darin gab es Hustentropfen mit Zucker und etwas heißem Wasser, wenn ich krank war. Das war immer angenehm. „Gute Morgen, Jungsch." Habe ich ihm jemals geantwortet? Vermutlich brav mit einem kurzen Satz wie aus einem Heidi-Film.

Er war in meiner Erinnerung ein ruhiger Mann, und irgendwann, nach all den Fotos, fragte ich meine Mutter, ob er denn mit seinen Kindern mehr geredet habe. „Ja, schon", meinte sie. „Und wir haben ihn ja auch gut verstanden. Andere nicht." Andere schätzten dafür, dass er auf jeder Baustelle gerne mithalf und gut zupackte. Für eine Flasche Schnaps habe er mal alleine einen riesigen Querbalken in ein auszubauendes Obergeschoss gehievt und dann über einer Fensteröffnung eingesetzt.

Mein Großvater war mit 17 Jahren zusammen mit zwei Freunden aus Polen geflohen. Sie wollten nicht zum Militär, erzählten meine Verwandten immer. Es war nicht nur das Militär. Nach dem ersten Weltkrieg folgte der fast vergessene Polnisch-Sowjetische Krieg von 1919 bis 1921, mit mehr als 600.000 Toten, parallel wütete die Spanische Grippe und bei über tausend Pogromen wurden 60.000 Juden, von Polen und Russen gleichermaßen gehasst, getötet. Der Friedensvertrag von Riga kam 1921 zustande, der Einfluss des Militärs wuchs trotzdem weiter. Mein Großvater und sein Freund wollten also weder registriert noch eingezogen werden und landeten so 1921 in Frankreich. Sie zogen dann weiter nach Luxembourg wo sie Arbeit fanden.

Dort lernte Jan 1935 meine Oma kennen, die damals 20 war. Sie wurde schnell schwanger. Meine Mutter erzählte, wie sie als junges Mädchen das Hochzeitsdatum ihrer Eltern mit dem Geburtsdatum ihres ältesten Bruder Hermann abgeglichen hatte, woraus sich eine, für katholische Verhältnisse, extrem kurze Schwangerschaftszeit ergab.

Sie blieben in Luxembourg, das kurz nach der Geburt meiner Mutter, am ersten Tag des Westfeldzugs von Nazi-Deutschland, dem 10. Mai 1940, besetzt wurde – an der Westgrenze stand schon die französische Armee. Die Bevölkerung des Kantons Esch-Alzette wurde je zur Hälfte nach Frankreich und in den Norden von Luxembourg evakuiert, wo auch meine Großeltern eine Zeitlang nahe der belgischen Grenze lagerten. Dann konnten sie mit ihren beiden Kindern nach Deutschland ausreisen und kamen bei Verwandten unter. Hier hießen sie dann wieder Franziska, Elisabeth, Hermann und mein Großvater Jan wurde

Johann. Auch in Luxembourg hätte man sie re-germanisiert, denn dort wurde nach dem Überfall alles Nicht-Deutsche getilgt, also auch die französische Sprache verboten, Vor- und Nachnamen wurden eingedeutscht und die Avenue de la Liberté zur Adolf-Hitler-Straße. Als die Bombardierung der vorrückenden Alliierten einsetzte, versuchten meine Großeltern vergeblich, mit ihren Kindern zurück nach Luxembourg zu kommen, weil sie sich dort sicherer gefühlt hatten. Ihr Zug wurde angegriffen, ein Weiterkommen war unmöglich.

Meine Mutter erzählte dann später, die SS habe meinen Großvater noch kurz vor dem Einmarsch der Alliierten, vermutlich schon auf ihrem Rückzug, eingezogen. „... die SS hat ihn eingezogen", sagte sie leise. Da war sie schon über 80. Sie hatte ihr Leben lang daran geglaubt, ihr Vater wäre gezwungenermaßen SS-Mann geworden. Diese festgesetzte Idee konnte auch nicht dadurch relativiert werden, dass man ihn, wie sie erzählte, aufgrund von Hinweisen anderer Verschleppter, Wochen später nur zehn Kilometer von ihren Wohnort auffand. Abgemagert, krank, psychisch ein Wrack. Als schlecht Deutsch sprechender und durch seinen Nachnamen als Pole identifizierbarer Mann von 40 Jahren, hatte man ihn einfach nur als Arbeitskraft entführt und dabei ungefragt als Zeuge irgendwelcher schrecklicher Dinge missbraucht, über die nie geredet wurde.

Über zwanzig Jahre später war mein Großvater wieder krank. Es stand immer ein Nachttopf auf der Treppe, den seine Frau auf halbem Weg vom Schlafzimmer abgestellt hatte. Die Treppe knarrte, ich roch den warmen Urin und war beunruhigt. Meinen Großvater sah ich nie wieder. „Der Opa ist gestorben." Ein Satz ohne Bilder. Alles weg.

In jenem Winter waren wir oft bei meiner Oma. Alle saßen im Wohnzimmer, in der guten Stube – nur Sonntags geöffnet. Die Erwachsenen redeten anfangs wenig, weil meine Oma

Depressionen hatte, wie ich später erfuhr. „Sie weint oft", hieß das damals. Ich schlich im verwinkelten Haus herum oder spielte draußen vor den Ställen im Schnee. Wir spielten gerne so lange, bis wir die Kälte nicht mehr aushielten und uns dann im Stall oder daneben im Schuppen aufwärmten.

Ich bekam die Lederhose nicht schnell genug runter, weil meine Finger unbeweglich verfroren waren und ich die Schnallen nicht öffnen konnte, als ich vor der Toilette stand. Ich hasste diese Hose sowieso, es war eine dreiviertellange Trachtenhose, Bavarian-Style, mit Schnallen über den Waden und rechts und links, in Höhe der Beckenknochen, einem Latz und den entsprechenden Trägern. Das Leder sah für mich immer schmierig, wie ein vermooster Sandstein aus, der modrige, leicht säuerliche Geruch passte nicht zu einem Kleidungsstück, denn er hatte eher etwas Tierisches. Jetzt lief alles aus mir raus und die lange Unterhose, die ich ebenfalls hasste und die darüber gezogene Strumpfhose, die ich noch mehr hasste, sogen sich voll und verhinderten, dass die Katastrophe sichtbar wurde. Ich roch mich, ich sagte nichts mehr, ich setzte mich nicht hin und stand vorsichtig im eiskalten Flur des alten Hauses. „Ich möchte nach Hause." „Ja, wir fahren jetzt gleich", antwortete mein Vater. Es war schon dunkel. Ich saß hinten im Auto und verzweifelte, musste wenigsten keine Angst um das Polster haben, denn der Ford 17M meiner Eltern hatte mit schwarzem Kunstleder überzogenes Sitzmobiliar. Das roch im Sommer, wenn die Sonne darauf brannte, immer sehr künstlich. „Nach Plastik", sagten wir. Und es wurde auch extrem heiß und verbrannte dann die Unterseite meiner Oberschenkel.

"Was ist los?", fragte mein Vater, nachdem wir die Wohnung betreten hatten. Alles brach aus mir raus, ich weinte, erzählte, betonte, dass das doch absehbar gewesen sei und dass ich diese Hose jetzt nie wieder anziehen würde.

Mein Vater nickte, zog mich aus, setzte mich in die Wanne und ich musste diese Hose nie wieder anziehen. Der Geruch ist immer noch da. Bis heute ist der Geruch von Urin und der von schmierigem Wildleder für mich der gleiche. An dem peinlichen Outfit mochte ich eigentlich nur die von meiner Oma gestrickten, dicken, grünen Wollstrümpfe. Und ich hasste Pullunder, Pullover mit Gürtel, Sandalen. Auch kurze Hosen mochte ich schon damals überhaupt nicht. Ich hatte trotzdem immer kaputte Knie und bevorzugte von Fahrradstürzen angerissene, verdreckte lange Jingler-Jeans mit leichter Blutbefleckung im Beinbereich – das hatte so ein dezentes Drama. ∞

02 ∞ MANSON

Der Tag, an dem ich aus den Radionachrichten von der Manson-Bande und ihrem Massaker an Sharon Tate und deren Freunden erfuhr, war ein Sonntag. Es war im Wohnzimmer von Tante Anni und Onkel Peter, das, so wie alle Sonntagnachmittagsbesuch-Wohnzimmer meiner Verwandtschaft, extrem überheizt war. Trockene Ölofen-Luft mit einem Hauch Tankstelle, wenn die Kanne getropft hatte.

Das Massaker war bereits am Samstag, den 9. August 1969 geschehen – aber sogar Radiomeldungen brauchten damals mehr Zeit. Ich trug ein weißes Hemd und vermutlich eine dieser lächerlichen Kinderkrawatten, die rund um den Hals und davor nervten. Gummizug, Metallclip und dann der Stoffknoten am Kehlkopf. Was für ein unnützes Teil, es hielt noch nicht mal eine Hose – und Hosenträger gehörten meiner Meinung nach ins selbe Gulag. Gulag. Das Wort kannte ich von meinem Vater, der Alexander Solschenizyn gelesen hatte.

Unsinn, „Der Archipel Gulag" von Solschenizyn erschien erst am 28. Dezember 1973 in Frankreich, in Deutschland noch später. Ich bleibe trotzdem dabei: Hosenträger gehörten meiner Meinung nach ins selbe Gulag wie Kinderkrawatten.

Später träumte ich immer wieder von den in den Radionachrichten angedeuteten „Pig"-Schmierereien, Graffiti aus Blut, die Sharon Tates Villa und in Gedanken auch mein weißes Hemd entweiht hatten. Manson war Ekel für mich, schon als Achtjähriger. Noch später, mit 12 oder 13 Jahren, kaufte ich mir das angeblich mitverantwortliche ‚White Album' der Beatles. Es ist unschuldig. Ich liebe es bis heute. Nicht wegen ‚Piggies', sondern alleine schon für ‚Revolution #9'

Als Dekaden danach irgendwelche Hipster-Mitmarschierer und Alternative-Trendsturmabteilungsleiter Charles Manson als Ikone of Whatever feierten, musste ich sie als Pop-Faschisten erkennen und benennen. Wie ihre Mao-Jacken tragenden Eltern und deren von nichts gewusst habende Erzeuger. Die immergleiche Faszination des abseitigen, weirden Führers war offensichtlich.

Am 19. November 2017 starb der Mann mit dem Hakenkreuz auf der Stirn. Am 19. Februar 2021 leitete das Los Angeles County Sheriff's Department ein Ermittlungsverfahren gegen Marilyn Manson wegen häuslicher Gewalt ein. Ich habe anscheinend nie über den Stricher-Namen von Brian Hugh Warner nachgedacht.
∞

03 ∞ TRAUMA

Wir waren vielleicht acht Jahre alt, standen auf dem Hof der kleinen Grundschule zusammen, ein paar Jungs, und einer fing an, von seinem Albtraum der vergangenen Nacht zu erzählen. Von einem Monster, das ihn verfolgte, einem Abgrund und einem dunkel gekleideten Mann mit Beil, und dass alles ganz schrecklich war. Er wirkte wirklich angeschlagen und dann zugleich befreit, weil er sein Erlebnis geteilt hatte. Die beiden anderen hatten so etwas Ähnliches auch schon geträumt und ich spürte, wie ich langsam einen Meter von ihnen weggezogen wurde, wie eine staubige alte Steppdecke, wie jene, von deren Geruch ich immer

Erstickungsängste bekam, mich erst abtrennte, alle Worte dumpf und geräuschhaft werden ließ, und mich dann komplett bandagierte. Ich war allein.

Meinen Traum konnte ich damals noch nicht erzählen. Wenn ich davon aufwachte, befand ich mich immer in einem anderen Raum, meistens im Bad. Meine Eltern waren bei mir, ich weinte, alles schmerzte und an meinem Hirn, meinem Sein war immer noch ein Zug zu spüren, irgendwohin, irreal, unverständlich. Auch meine Verzweiflung verstand ich nicht, aber ich spürte sie an meinem ganzen Körper. Am folgenden Tag musste ich dann nie zur Schule, manchmal waren es auch zwei Tage, die ich mit mir auf der Flucht vor dem Erlebnis verbrachte, das ich nicht beschreiben konnte.

Meine Mutter erzählte mir später, ich sei in diesen Traumnächten immer durch die Wohnung gelaufen und habe „Indianergesänge" von mir gegeben. Oder Geheul. Für mich waren Indianergesänge kein Geheul, und als Karl-May-Kind hatte ich auch keine Angst. Von meinem Gefühl her muss es Geheul gewesen sein, nicht von mir, nur durch mich. Ich sei dann immer eiskalt gewesen, und sie hätten mich oft einfach nicht wach bekommen. Sie hatten Angst um mich.

Die Tatsache, dass ich nicht zur Schule musste, zeigte mir die Bedeutung meines Erlebnisses – auch für jene, die eigentlich nichts wussten. Ich brauchte die Zeit wirklich, um zurück in die Welt zu kommen. Ins Leben. Körperlich und dadurch erinnert, hatte ich oft noch eine Woche lang das Gefühl, noch nicht ganz zurück zu sein. Das Gefühl des Wegseins, des Anderen war da – des Unbeschreiblichen, des Nichts.

Ich hatte diesen Traum zum ersten Mal an einem späten Nachmittag. Ich war fünf Jahre alt, wir kamen von einen Ausflug zur Burg Eltz zurück. Eine für mich lange Autofahrt, Kurven,

Höhenunterschiede, helle Weinberge, dunkler Wald, der Weg zur Burg, dann durch die Räume, eine für mich beunruhigende Führung, bei der ich das Gefühl hatte, etwas Verbotenes zu tun: nur hier sein zu können, weil die Besitzer gerade mal weg waren und die Führung einen Schlüssel hatte oder die Tür aufstand. Es gab enge Treppen, kleine Räume, spitze Türme und, wie man mir später erzählte, angeblich auch einen Folterkeller, der mich aber im Detail nicht besonders beeindruckt zu haben schien, denn ich hatte nie ein Bild davon. „Es war der Folterkeller", diagnostizierte meine Mutter zwanzig, dreißig Jahre später gelegentlich. „Vielleicht sollten wir da noch mal hinfahren."

Ich war nie wieder dort. Damals bin ich auf der Rückfahrt im Auto eingeschlafen, und als wir nach anderthalb Stunden wieder zu Hause waren, legte man mich ins Bett. Ich muss auffällig gewesen sein. Man legte mich sonst nie tagsüber ins Bett. Damals kam der Traum zum ersten Mal. Der Rest des Tages ist in meiner Erinnerung zerrissen, es gibt keinen Abend, keine Nacht, keine Zeit.

Nur Kälte und Nichts.

Wenn ich mal krank war, brachte mir mein Vater oft kleine Spielzeugautos aus der Stadt mit, ganz einfache, kleine Plastikautos, die ich liebte. Ich freute mich immer still und mir wurde warm.

Ein Jahr später kam der Traum wieder, exakt so, wie beim ersten Mal – nur verstand ich jetzt mehr. Vor allem bekam ich Angst, dass er jetzt jedes Jahr, immer Anfang Juni, zurückkommen könnte. Oder früher, um mich zu täuschen und zu überwältigen. Denn ich hatte als Strategie, mich bis nach Mitternacht wachzuhalten, weil er dann, das hatte ich mir einfach gesagt, nicht mehr in mich reinkam. Das funktionierte. Dann wieder nicht. Zwei Jahre später war er zurück. Der Traum hatte keinen Soundtrack, keine Stimmen, kein Geräusch, eigentlich war da Stille. Dieses Nichts war aber metallisch, eiskalt und laut, unfassbar, es war laut. Es war eine kalte, unendlich lange Hallfahne von Stille.

Wir waren also acht Jahre alt, standen auf dem Hof der kleinen Grundschule zusammen, und sie redeten über ihre Albträume. Ich war raus. Mein letztes Erlebnis konnte noch nicht weit zurückliegen, denn ich erinnere mich daran, ihnen später doch noch erzählt zu haben, dass ich mir ihre Träume wünschte, weil sie so spannend waren und ja immer gut ausgingen – denn die Träumer waren ja noch da und sie konnten erzählen. Sie sagten dann oft nichts mehr und wir spielten Fußball.

Vermutlich angeregt durch ihre Geschichten hatte ich meinen ersten Comic-Traum, in dem ich hinten rechts im Auto von Superman, Batman oder He-Man saß, lässig den Arm über die Tür des Cabriolets legte, der dann immer weiter rechts fuhr, bis meine Jacke die scharfkantige, felsige Steilwand berührte, sie zerfetzte, zerfräste, meinen Arm aufriss bis Sehnen raushingen, vom Fahrtwind nach hinten gezogen wurden und Knochensplitter schräg aus dem dunklen Fleisch ragten. Alles Comic, alles gezeichnet. Ich wachte irgendwann auf und war laut und fröhlich am Lachen. Ich war begeistert. Was für ein Trip! Ich hatte nie Batman- oder Superman-Comics gelesen, ich fand sie albern. Diese Autofahrt war trotzdem großartig. Eine Realtime-Graphic-Novel. Und mein Arm war OK. Ich fühlte ein paar Mal nach und tastete ihn grinsend ab. Es war unglaublich. Ich habe bis heute Bilder von diesem Traum. Nur weiß ich nicht, wie ich selbst darin aussah, ob ich gezeichnet war oder fotorealistisch, dreidimensional eingeblendet. Aber ich weiß, dass da Sound war, Musik: irgendwie klang sie nach 50s, hatte einen ‚77 Sunset Strip'-ähnlichen Retro-Groove. Easy Listening Dreaming.

Ein Jahr später kam der andere Traum ohne Score wieder, exakt so, wie beim ersten Mal – und ich verstand jetzt noch mehr. Nein, ich fühlte jetzt noch mehr, weil ich verstand, dass ich nichts verstand. Ich war sicher, dass er jetzt jedes Jahr Anfang Juni zurückkommen würde – und zwischendurch immer lauerte. Wann Worte kamen, um ihn mir selbst zu beschreiben, weiß ich nicht mehr. Auch nicht, wann ich mich traute, es zu erzählen und wem ich es zum ersten Mal erzählte. Wenn ich Glück hatte, nahm ich im Traum die letzte Abzweigung zurück, dann lief ich nur schlafend durch die Gegend und erzählte Geschichten. Ich saß neben dem Bett meiner Eltern und erzählte, ich verließ das Haus, stand im Schlafanzug vor der Tür der Nachbarn, die ich rausgeklingelt hatte, und erzählte ihnen irgendwelche wirren Geschichten. Es dauerte immer etwas, bis man verstanden hatte, dass ich schlief. Das passierte auch viel später noch gelegentlich. Ich saß nachts bei einem Freund im WG-Zimmer und textete ihn nach schräg oben zu, wo er im Hochbett lag und eigentlich schlafen wollte. Ich fing mitten in der Nacht an, meine aufgewachte Freundin mit einer, wie sie mir später sagte, sehr schwer verständlichen Geschichte zu unterhalten. Es dauerte angeblich zehn Minuten, bis sie registriert hatte, dass ich schlief, also im Schlaf redete. Ich bekam nichts mit, konnte mich aber am nächsten Tag diffus erinnern. Nur nicht an meine Message.

Dann hatte ich irgendwann Schnaps getrunken, schlechten Weizenkorn, und der Traum kam wieder. Der nächste Tag war dreifach schlimm, denn TraumTraum, diese Scheiß-Droge und eine ganz neue alte Angst verseuchten meinen Körper. Es war nie nur ein Traum, es war immer Angst, es war real irreal. Es war ein Trip, und ich wusste schon als Zehnjähriger, nach dem Lesen einer Broschüre der Bundeszentrale für gesundheitliche Aufklärung, dass LSD nie eine Option für mich sein würde. Ein Kind gebliebener, mittelalter Mitbürger, aufgedunsen und mit fettigen Haarsträhnen über den durch eine dicke schmierige Brille stierenden Augen, der auf einem winzigen Fahrrad durch die Kleinstadt fuhr, erinnerte mich später an mein frühes Gelübde. Trip-Opfer. Er war so schräg und irgendwie beängstigend, dass bei seinem Erscheinen die ersten Millisekunden Mitleid ganz schnell von einem dringenden Bedürfnis nach Distanz substituiert wurden.

In meinem mir aufgezwungenen Trip-Erlebnis verlor ich alles: Jegliches Gefühl für Zeit, Raum, Temperatur, Licht, Körperlichkeit, Empfinden, Wissen, Sein. Ich wurde ins Nichts gesogen, in den Wahnsinn des Alleinseins ohne jede Option auf Umkehr, im Kampf um das letzte Erinnern an die Fähigkeit, sich zu erinnern, während das Leben längst raus war. Weg. No content. Mein Körper wurde eiskalt, ich fror, schwitzte, mein Kreislauf brach zusammen, meine Rest-Psyche schrie – und meine verzweifelten Eltern mussten sich „Indianergeheul" anhören. Ich war, nur noch mit der Idee von mir, allein im Nichts.

Das Gefühl, welches sich nach so einem Trip in die nächsten Tage rüberrettete, bekam irgendwann einen Geschmack. Und bestimmte Veränderungen von Druck in meinem Kopf erinnerten mich daran, dass es lauert.

Anders war es bei der Konfrontation mit offensichtlichen Lügen und Widersprüchen, die wirkten wie Ecken, aus denen man nicht entrinnen konnte. Der Druck stieg sofort. Bei Menschen, die mir ihre Lügen aufzwingen wollten, die sich selbst inszenierten um sich selbst zu inszenieren, anstatt ihre Aufgaben zu erfüllen. Der Druck erhöhte sich extrem. Ich betrachtete sie und ihr Verhalten als Verschwendung meines Lebens, fühlte mich in eine immer enger werdende Gasse ohne sichtbaren Ausgang gedrängt. Und dann kam mein Trip-Geschmack ins Spiel, eine Panik, die mich daran erinnerte, was eigentlich mein Leben ist und dass es mir gerade entglitt. Ich verlor es. Dieser Trip war ein Vorgeschmack auf das, was mich irgendwann aus dem Leben saugen würde , wenn ich nicht auf mich aufpasste.

Ich bin mal in eine kleine Tropfsteinhöhle gekrochen. Ihr Eingangsbereich war ein sehr enger Kanal, hinter dem sich aber ein etwas größerer Raum befand, in dem man sich drehen konnte. Dort wiederum war eine Öffnung im Fels, in die ich mit meiner Taschenlampe hineinleuchten und in eine größere Höhle blicken konnte. Als Kind kroch ich gerne da rein, staunte, wendete ... Und dann hatte ich, im dunklen engen Kanal steckend, einmal eine ruhig atmende Hundeschnauze vor dem Gesicht. Der Hund des Bauern, auf dessen Grundstück wir uns befanden. Ich hatte Angst um mein Gesicht, auch irgendwie um mein Leben. Aber ich war da, hatte wenigstens Angst und der Hund und die Höhle waren echt, draußen lief irgendwo der nichts ahnende Bauer rum, und rechts und links der unangenehm riechenden Hundeschnauze schimmerte schon etwas Tageslicht.

Das alles kam in meinem Trip nicht vor. Noch nicht mal ein von Hundezähnen zerbissenes Gesicht oder der Tod. Ich war in dieser Traum-Situation irgendwie schon weiter, dachte ich später. In einer sehr archaischen Situation. Ich wollte aber immer zurück.

Mit 42 Jahren sah ich einen Spielfilm, in dem mit Menschen experimentiert wurde. Viele Bilder und Sounds kamen mir insofern bekannt vor, als dass sie alte Gefühle, diesen bestimmten Geschmack und eine ganz eigene Art von Angst auslösten. Ich sah den Film damals nicht zu Ende, las aber ein paar Artikel zu dem Thema und konnte so zum ersten Mal meine Gefühle einordnen. Denn was in einer Versuchssituation möglich war, konnte die Natur, die eigene Psyche auch virtuell einrichten, simulieren, vorgaukeln. Ich verdrängte sofort. Jahrelang wusste ich nichtmal mehr, dass es der Film „Der Höllentrip" war. Ich wusste nur, dass irgendeine Geschichte mit diesen Salzwassertanks auf Körpertemperatur diese gefürchteten Gefühle in mir auslöste.[1]

"Floating", schrieb meine Freundin Vicky P. Dia später, „ist ein Entspannungsverfahren, bei dem Personen mit Hilfe von konzentriertem Salzwasser in einer speziellen Floating-Anlage (Floating-Tank oder Floating-Becken), abgeschottet von Außenreizen, quasi schwerelos an der Wasseroberfläche treiben. Im medizinischen Bereich wird die Anwendung in der Schmerzmedizin, Orthopädie, Dermatologie und Sportmedizin erforscht. Im therapeutischen Bereich wird Floating im Stressmanagement, bei

Burnout-Syndrom und Suchtentwöhnung eingesetzt. Im Wellnessbereich wird Floating auch mit Licht- und Toneffekten angeboten. Angestrebt wird eine physische und mentale Tiefenentspannung ... Vom Aufbau her gleicht eine Floating-Anlage (Synonyme: Entspannungs-Tank, Isolations-Tank, Samadhi-Tank, Schwebebad) einer Art Badewanne in einer dunklen und schalldichten Kabine ... Die spezifische Dichte des Wassers wird durch Zugabe von Salzen ... auf 1,30 g/cm³ erhöht, sodass der menschliche Körper ohne Berührung der Wanne in der Lösung schwebt. Das Wasser ist mit etwa 34,8 °C auf die Außentemperatur der menschlichen Haut eingestellt, so dass der Nutzer weder Wärme noch Kälte empfindet. Aufgrund der Wassertemperatur und der fehlenden Außenreize soll das Gefühl für die eigene Körpergrenze verschwinden ... Der freiwillige Entzug von visuellen und akustischen Reizen kann zu einer tiefen Entspannung führen, weil Gehirn und Nervensystem praktisch keine externen Daten mehr zu verarbeiten haben."[2]

Ja, stimmt, Vicky. Waren es diese rein internen Daten, mit denen mein Gehirn dann jonglierte? Über welche „rein internen Daten" verfügt ein Fünfjähriger? Über welche Erfahrungen von Grenzsituationen, über welches Angstpotenzial? Kam es von außen oder von innen?

Irgendwann in den frühen 80ern tätowierte ich mir selbst ein kleines Fragezeichen zwischen Daumen und Zeigefingeransatz der rechten Hand. Es war lange, bevor Zeitgeist-Hooker sich komplett bemalen ließen und damit angaben, wie Opel-Kadett-Fahrer in den 70s mit breiten Reifen; falls es die damals noch nicht gab, waren es perforierte Rallye-Handschuhe aus braunem Pekari-Leder. Mich sprachen Drücker, die mir an der Haustür kein Abo andrehen konnten, regelmäßig darauf an: „Welche JVA, Kollege?"

Am 27. Januar 1984 veröffentlichte Nena ihr zweites Studio-Album. Es hieß ‚?', chartete, und die JVA war kein Thema mehr. ∞

04 ∞ ICONS

Ich liebte unser Röhrenradio, ein opulentes Loewe-Opta-Gerät namens Apollo, mit abgerundetem Holzgehäuse, dickem Stoff vor dem Lautsprecher und einem unglaublich warmen Sound. An Wintermorgen heizte es die Küche beim Frühstück. Wir hörten Nachrichten. Mein Vater hörte immer Nachrichten. Das Gerät hatte eine Taste, die mit „Jazz" beschriftet war, weitere mit „Bass" und „Solo". Ich fragte mich, wie das Radio bei Tastendruck denn so schnell die passende Musik finden sollte, da die Sendersuche mit dem großen Drehregler rechts ja immer dauerte. Später lernte ich, dass es um simple Klangeinstellungen ging. Jazz hatte Bass und Höhen, Bass nur Tiefen und Solo klang mittig, irgendwie nach Schnupfen.

Jazz hörten wir nie. Sonntags bevorzugte meine Mutter Klassik, meistens Opern oder Operetten. Mein Vater wartete auf die Nachrichten. In den 70ern liebte er ‚Samba Pa Ti'. Er kaufte mir eine E-Gitarre, einen kleinen Transistorverstärker, später ein Marshall-Top mit abgeschrägter 4x12"-Box. Ich entwickelte eine lebenslange, dankbare Toleranz für ‚Samba Pa Ti'. Ich liebe Musik, die Menschen berührt. Santana hatte uns beide erreicht.

Von den Dingen der alten Menschen gefielen mir nur das geschnitzte Zigaretten-Etui, das kleine vogelförmige Gefäß für Salzstangen oder auch für Zigaretten und die Pfeffer- und Salzstreuer meiner Eltern. Alles aus dunklem Holz. Meine Blockflöte zog nie wirklich ein. Messing, Gold, Porzellan und Rauchglas gingen gar nicht.

Ich mochte den grün-schwarzen Keramik-Aschenbecher mit der Reliefschrift „440 West-Germany" auf der Unterseite, auch den Schüler-Zirkel meines Vaters, der in einem abgegriffenen Etui mit blauem Samt im Inneren etwas Behutsames ausstrahlte. Ich mochte alte, abgelegte Leder-Portemonnaies und auch den Agfa-Fotoapparat meines Vaters. Er steckte in einer braunen, glatten Feinleder-Hülle, aus der man ihn, um den Hals gehängt, herausschälen konnte. Alleine dieser Vorgang hatte was Rituelles, und machte das Fotografieren zu etwas Wichtigem. Das Wort „Knipsen" fand ich dumm.

Von meiner Patentante und ihrem Mann bekam ich mit zehn Jahren einen eigenen Fotoapparat geschenkt. Das bedeutete mir sehr viel, denn ich wusste, dass sie nicht so viel Geld hatten und mehr arbeiteten als andere. Der Fotoapparat und die Gitarre haben mein Leben verändert. Meinem Vater konnte ich das noch sagen, meiner Tante nicht mehr.

Meinen grünen Geha-Füller und den Privileg-Taschenrechner benutzte ich mit unterschwelligem Ekel. Es war kein Hass, es war Abscheu, weil sie mir aufgedrängt wurden. Ich liebte mein Radio, ein Grundig hit---boy---N, kleingeschrieben, überlange Bindestriche, großes N auf schwarzem Grund. Die Vorderseite des Kofferradios war aus braunem Holz-Imitat, hinten war das Gerät schwarz und hatte mittig einen störrischen Dreistufenschalter zur Anwahl der Frequenzbereiche UKW, MW und KW. KW, also Kurzwelle, war spannend, denn da gab es Sprachen und Musik, die ich noch nie gehört hatte. Und diese Stimme, die nur Zahlen vorlas und immer „Dreizeng" statt Dreizehn sagte. Das war der DDR-Geheimdienst, lernte ich später. Neben dem Station-Regler und dem kleineren Lautstärkeregler, mit dem man das Radio auch krachend einschaltete, verfügte der hit---boy---N noch über eine sogenannte KW-Lupe: Mit diesem dritten Regler konnte man vor allem im vor Sendern platzenden 49-Meter-Band Fine-Tuning betreiben. Ich hörte unter der Decke Musik, wenn ich eigentlich schlafen sollte. Mein Vater wusste das und schenkte mir einen Ohrhörer. Später lernte ich, wie man das Radio mit einem Schraubenzieher modifizieren konnte, um Polizeifunk zu hören. Da hieß mein Grundig schon S hit---boy---N, ich hatte Sweet, Slade und Suzi Quatro gehört, und ‚Live And Let Die' von Paul McCartney & Wings schuf Bilder zur Musik.

Wie könnte man sich besser an sein Zuhause erinnern, als beim Hören alter Musik? Schallplatten, die man schon berührend fand, als man noch ein Zuhause hatte, über das man nicht nachdenken musste, weil es ja immer da war? Alles hat sich verändert – die ersten Songs, an die ich mich erinnere, nicht. ∞

05 ∞ HIT BOYS

Das Transistorradio wurde schnell vom Weltentdeckungsmedium zum Musik-Erklärer. Luxemburgisches Unterhaltungs-Radio in drei Sprachen, Exotisches aus dem Nahen und Fernen Osten und dazwischen immer wieder die stoisch Zahlenketten vorlesende Stimme der DDR-Kurzwellengeheimdienst-Soundtracks – „siebän, dreizeng, siebän, ains, ains, siebän" – hatte ich nachts über Ohrhörer erlebt, und auf der Suche nach guter Musik irgendwann SWF3 entdeckt, einen Sender, den man Anfang der 70er-Jahre bei uns nur mit ordentlichem Nebengeräusch-Anteil empfangen konnte. Die Empfangsleistung verbesserte sich dafür allmählich, für mich aber fast unmerklich, denn ich hatte immer nur konzentriert die Musik absorbiert. Und die wenigen Kommentare dazu, deren Informationswert mittags, zwischen 13 und 15 Uhr enorm anstieg. Niemand sagte damals „zwischen 13 und 15 Uhr", es hieß: „Bis 1 hab ich Schule und Pop Shop geht nur bis um 3." Dazwischen gab es auch noch Mittagessen, bestenfalls mit RTL-Radio, Nachrichten, und meinem ungeduldigen Gefühl, ganz sicher was zu verpassen.

Pop Shop lief ab dem 1. Januar 1970 auf SWF3, basierend auf dem neuen Konzept der „Selbstfahrersendung", bei dem der Moderator gleichzeitig auch Plattenaufleger, Techniker und Redakteur war. Dazu gehörten verschiedene Formate wie „Openhouse" und mein Favorit „Für wen singen wir? – Antihits aus Deutschland." Der Name bezog sich auf ein Lied von Franz-Josef-Degenhardt:

„Ich singe nicht für euch, ihr frankophilen Käselutscher, ihr vollgestopften Allesfresser mit der Tischfeuerzeugkultur. Ihr, die ihr euere Frauen so wie Steaks behandelt und vor Rührung schluchzt, wenn euere fetten Köter sterben, die ihr grinst, wenn ihr an damals denkt – wie über einen Herrenwitz ... nein, für euch nicht!"[3]

Hier gab es mittags ab 13 Uhr eine halbe Stunde lang germanische Rock-Musik von Jane, Karthago, King Pin Meh oder Can, aber auch Musik von Liedermachern wie Insterburg und Süverkrüp. Songs, die mich oft wenig berührten, aber eben zeigten, was musikalisch so alles möglich war. Das Neue, Unbekannte, zuerst Fremde, dann Geheimnisvolle. Großartig war, dass es hier wirklich ausführliche Informationen zur gespielten Musik gab, gelegentlich sogar Interviews. Ein ganz anderer Trip in neue Umgebungen. ∞

06 ∞ POSTER

Radio war flüchtig. Im Zeitschriftenladen Korngold in der Petersstraße entdeckte ich 1973 „Pop", eine Musikzeitschrift, farbig, mit großem, gefaltetem 60x90cm-Poster in der Mitte. Hier sah ich Jane zum ersten Mal: dünne junge Männer in gemächttraktierenden, engsten Jeans mit weitem Schlag über Lederstiefeln. Sie schauten immer sehr ernst, wirkten starr, was ich irgendwie albern fand. Vielleicht auch, weil die Hosen jede Gefühlsregung schmerzhaft quittiert hätten.

Dann erschien über zwei Ausgaben des Magazins ein Doppel-Poster, das man sich selbst zusammenkleben musste. So kam Jimi Hendrix an die Dachschräge in meinem Kinderzimmer. Noch ohne Musik. Es war nur dieses Bild eines Gitarristen mit geschlossenen Augen. Er wirkte konzentriert, aber irgendwie auch verletzlich. Keine Pose. Auch wichtig: Jimi hatte keinen Buchstaben zu viel, und Hendrix unterschied sich durch das coole x deutlich vom phonetisch ähnlichen Nachnamen meines damaligen Sportlehrers. My man.

Meine Mutter schaute das Bild manchmal an, wenn sie in mein Zimmer kam, oft auch während sie mit mir sprach. Später, nachdem Hendrix schon irgendwie ein Familienmitglied geworden war, erzählte sie, wie sie als Fünfjährige erlebt hatte, dass Panzer durch ihr Dorf fuhren. „Da habe ich zum ersten Mal einen Schwarzen gesehen. Das war ganz unglaublich für mich." Sie drehte sich zu mir. „Dann hat er mich rangewunken und mir von oben, vom Panzer, eine Blechdose zugeworfen – mit Schokolade und Keksen."

Ich vermute, ich habe ‚EXP' und das sich direkt anschließende ‚Up From The Skies' irgendwann bei SWF3 gehört. Jimi Hendrix. Diese Musik öffnete alles. Erst viele Jahre später sah ich ihn in Wiederholungen seines Beat-Club-Auftritts von 1967. Das könnte durchaus erst in der Neuzeit, in der digitalen Parallelwelt passiert sein, der die Zeitachse komplett egal geworden ist. Verloren im Alles. Früher war Alles weniger. ∞

07 ∞ SOUNDS

Ich war zwölf Jahre alt und irgendwie schon an Musik interessiert. Immer wieder schaute ich die LPs im Billigbereich des Kaufhauses Berthold durch. Eine Straße weiter, vorbei an dem ehemaligen Gefängnis und den Bushaltestellen hinter dem Postamt, wo Berufsschüler nach dem Nachmittagsunterricht und müde Omis vom Dorf auf Heimholung warteten, war Elektro Kurth. Da gingen wir hin, wenn die Waschmaschine undicht geworden oder der Föhn meiner Mutter an eingesogenen Haaren fast schon erstickt war, erst nach verbrannter Haut und anschließend ganz kurz nach heißem Kabel gerochen hatte, kurz bevor er sich mit einem dezenten Feuerwerk verabschiedete. „Ich muss noch zu Kurth. Kommst du mit?"

Ich mochte Kurth nicht. Die Kunden waren eher dröge und der Verkäufer der Weißen Ware unsympathisch und arrogant. Und wegen der Schreibweise des Namens: Das h war meiner Meinung nach überflüssig. Doch wenn ich den Laden betrat, war ich mit drei Schritten an der Treppe nach oben. Dort gab es Musik: Plattenspieler, Taschenradios mit „Solid State"-Aufdruck, Stereo-Anlagen, HiFi-Traumware, wie einen Schneewittchensarg von Braun – und jede Menge Schallplatten. Kurth hatte wirklich viele LPs und Singles im Angebot, die größtenteils etwas gebraucht aussahen, vermutlich weil der Verkäufer – ein netter Mann mit Bart und Brille – die Platten ständig mit nach Hause nahm, sie mit Chips-Fingern auflegte und seine Katze auf den Covers schlafen ließ. Das dachte ich mir so aus. Im Kurth-Obergeschoss konnte man wirklich lange und ganz in Ruhe in Platten reinhören und dabei auf den traurigen Postplatz schauen. Dort habe ich Tower Of Powers Album ‚Urban Renewal' (1974) entdeckt.

Auf der anderen Seite des Busbahnhofs war Andräs, ein etwas kleinerer, nach hinten dunkler Laden, ebenfalls mit „Phonotheke", die bei meinen ersten Besuchen noch mit Einzelhörern aus orangem Kunststoff ausgestattet war. Man genoss die aufgelegte Musik also durch eine Art Telefonhörer. Bei Andräs gab es jede Menge aktuelle Ware: Eine neue Single kostete 5 D-Mark, eine LP 22 und eine Doppel-LP 29. Hier war die Atmosphäre besser, wenn der junge Sohn des Hauses auflegte. War allerdings nur seine dominante Mutter im Laden, hatte man mit langen Haaren, Parka und Plattenwunsch keine Chance und wurde sehr direkt ohne Begrüßung wieder verabschiedet. „Besuchsversuche" nannte ich das. ∞

08 ∞ HERR W

Ich denke oft an Herrn Wokalek. Ich kannte keinen nicht verwandten Menschen so lange wie ihn, denn er wohnte mit seiner Familie über dem Kindergarten, hatte gelegentlich eine sehr große, moderne Brille mit dunklem Rahmen auf, wirkte mit geradem Blick immer sympathisch, ging zügig, und er schaute auch Kinder freundlich an. Anders freundlich als andere Erwachsene. Respektvoller. Ich hatte schon als kleines Kind immer das Gefühl, dass dieser Mann aus dem Straßenalltag der Nachbarschaft mich als Mensch wahrnahm. Er war kein „Wo sind denn deine Eltern?"-Frager oder „Na, gehst du in den Kindergarten?"-Feststeller.

Herr Wokalek war selbst Vater, und seine Tochter war so alt wie ich. Durch das Fenster unseres Grundschul-Klassenraums konnte ich den Kindergarten sehen, in dessen Obergeschoss er mit seiner Familie wohnte. Auf dem großen Balkon machte die Frau von Herrn Wokalek morgens oft Gymnastik, was mich faszinierte. Sie war schlank, blond und interessierte mich. Denn sie war anders als alle anderen Frauen und Mütter, die morgens auf den Balkonen zu sehen waren. Sie hatte ein eigenes Auto, einen Mini mit karierten Türen, aus dem sie sich immer mit einer leichten Drehung entpuppte und ich mich jedes Mal wunderte, wie groß und strahlend sie dann war – und wie klein und grün ihr Auto. Das stand tagsüber vor einem Geschäft für skandinavische Designer-Möbel, das in dieser Kleinstadt exotischer war, als es eine Pyramide oder der Taj Mahal gewesen wären.

Die Jahre 1969 bis 1974 waren bei uns anders, als sich seitdem erzählt wird – anders, so wie fast überall. Geschichte wiederholt sich nicht, sie verbiegt sich. Niemand war London oder San Francisco. Niemand war Flower Power, auch nicht Swinging oder Dansk Design, sondern Feuerwehrfest, Kirmes, Fronleichnam, Kindstaufe und „Wir bauen demnächst".

Sie sah aus wie Gudrun Ensslin unverkrampft. Sie war selten alleine im Laden, den sie mit ihrem französischen Freund betrieb. Kunden sah ich nie, wenn ich als Kind langsam an den großen Schaufenstern vorbeischlenderte, so tat, als würde ich die Auslagen im Vordergrund bestaunen, tatsächlich aber konzentriert versuchte, meinen Blick durch diverse Spiegelungen, an

Dekorations-Objekten vorbei, auf den hinteren Bereich zu konzentrieren, wo sie und ihr Freund saßen, Kaffee, Wein oder Sekt tranken, rauchten und lachten. Ihre langen blonden Haare strahlten vor der dunkel gestrichenen Wand. Ich hatte ansonsten vorher noch nie eine fast schwarz gestrichene Wand gesehen, denn schwarz war ja keine Farbe, sondern bestenfalls Straßenbelag oder Kellerversiegelung. Schwarz war lebendig, erlebte ich.

Irgendwann war der dänische Möbelladen geschlossen, die Grundschule und damit der Balkonblick beendet, wir zogen um, und ich sah nur noch gelegentlich die Tochter von Herrn Wokalek.

Dann war er wieder da. Erst als Phantom „Er", das „die Kinder nicht sehen sollen", denn er war der neue Bekannte meiner Tante Donata, die eine mindestens so auffallende, große, gut aussehende Erscheinung war wie ihre Vorgängerin. Ihr Auto war klein, weiß, aber ein Cabrio, was das Aussteigen etwas entmystifizierte, dafür aber die Passanten mehr beeindruckte. Meine Tante und „ihr Bekannter". Freund, Lebensgefährte, Lover, Geliebter waren keine gebräuchlichen Bezeichnungen für ein neu entdecktes Miteinander, und das schon gar nicht, wenn eine Partei noch oder irgendwann mal verheiratet war.

Geschieden zu sein war noch ein Tabu, wobei man bei Männern ein Auge zukniff und dafür Frauen sozial eliminierte. Ähnlich schlimm war es, Krebs zu haben oder einen schwulen Sohn, wobei es eigentlich nie schwule Söhne gab. Erst wenn die Herren dann in den Junggesellen-Status gealtert waren, kniff man wieder ein Auge zu, wenn das J-Wort intoniert wurde. Neben dem Bekannten und dem Junggesellen gab es auch noch den „Kinderfreund". Ich erinnere mich an einen Schwimmbadrentner, der immer im Nichtschwimmerbecken mit Kindern wild Wasserball spielte. Alle hatten Spaß. Doch der geriatrischen Gemeinde waren hyperaktive, gut gelaunte Restzeitgenossen oft suspekt, weil sie so wenig mitleidensfähig waren. Die Diagnose „Kinderfreund" kam aber eher aus dem mittleren Eigenheim-Management, von Menschen mit Kindern, die sich nicht mehr dabei dachten. Was in diesem Fall auch absolut angemessen war: Der alte Herr war harmlos, dennoch wurde ihm dezent unterschwellig immer eine gewisse Neigung zugetraut oder angedichtet, irgendwo eingebettet zwischen Sozialneid von „Wir arbeiten jeden Tag hart, und die ..." und der permanent gefühlten Gefährdungslage von Personen, die auch in höher gelegenen Etagenwohnungen abends alle Fenster schlossen, die Rouleaus komplett runterließen und Wohnungs- und Haustüren doppelt abschlossen.

Unangemessen galten dagegen jegliche Kommentare über einen Dorfpfarrer und seine grenzwertige Messdienerbetreuung. Davon wusste zwar die ganze Gemeinde, in der unsere Verwandten lebten, erfuhr ich Jahre später, doch Betroffene hatten nie existiert, genauso wie dieses Thema generell oder auch nur der Gedanke daran tabu waren. Der Pfarrer war „Der Herr", und sein Alibi die scheuen Schafe. Der verlogene Krampf, dass nicht ist, was nicht sein darf.

Um so mehr bewunderte ich, als ich etwas älter war, zwei Männer, die sich nicht versteckten, die einfach existierten und die auf erstaunliche Gleichgültigkeit stießen: Holm war Mitte 30, Angestellter, sozial engagiert, Pullunder über 70er-Jahre-Signalfarbenhemd, Herrenhandtasche und Jürgen-Marcus-Frisur. Er machte Tanzmusik in lokalen Lokalen, bei Hochzeiten und runden Geburtstagen. Die kitschig kühlen Sounds seiner Farfisa-Orgel wurden von einem Schlagzeuger und einem Gitarristen begleitet – und alle drei Herren sangen und verdienten gutes Geld. Holm war nicht nur offen schwul und Musiker, er war ein sehr netter, hilfsbereiter Mensch, gebildet, sensibel, kümmerte sich um seine Mutter, die ihm im Gegenzug seine gelben, grünen und orangen C&A-Hemden auf Eisglätte bügelte. Holm hatte gelegentlich junge Begleiter, die er im Auto durch die Kleinstadt fuhr.

Ich liebte sein eigentlich zurückhaltendes Selbstbewusstsein. Er war echt.

In einem Vorort lebte der Bauernsohn Manfred, der mit seinem Trecker auch mal die drei Kilometer in die Stadt fuhr, wenn was zu besorgen war. Sein Bulldog, so nannten wir diese Fahrzeuge, war rot und halb-antik, Manfred trug grüne Gummistiefel, eine blaue Latzhose mit oder ohne Schiesser-Unterhemd – und er war geschminkt. Die Frisur war immer ordentlich, die Gesichtsfarbe sehr gesund, meistens lächelte er, und erst dann fiel sein Pfirsichhaut-Makeup mit Rouge an den Wangen und dezentem Lidstrich auf. Er berührte mich mit dieser Konsequenz.

Es gab auch die Unentdeckten, die man nur auf der Flucht erkennen konnte, die nachts in Hauseingängen neben Bars verschwanden, von denen man nur wusste, dass da etwas passierte, das es nicht gab. Der kettenrauchende Anwalt aus prominenter Familie, der immer schlecht geduscht aussah, einen knittrigen Trenchcoat zur Cognac-Fahne trug, und nach Jahren irgendwann verschwand.

Ich verschwand auch irgendwann. Von dem gut aussehenden Treckerfahrer habe ich nie wieder gehört. Holm gehörte in den 80ern zu den ersten HIV-Opfern. Er war ein toller Mann.

Für Herrn Wokalek war er „Ach ja, der Holm", mit wohlwollendem Lächeln kurz diskret gelabelt, Zaubertinte. Herr Wokalek war liberal, kunstinteressiert, musikbegeistert, offen für die Welt, religiös, glücklich, ein Genießer, den wir als Kinder mit einem interessierten Lächeln vor dem Fenster des neuen Sex-Shops stehen sahen. Er grüßte uns, als wir vorbeigingen – ich fühlte mich wieder sehr ernstgenommen – und er schaute sich weiter im rotgestrichenen Schaufenster um. Nur in einem mittig angesetzten Herz hatte man die Lackfarbe ausgespart, und hierdurch konnte man sich, bei ausreichender Körpergröße, die Ausstellungs-Objekte ansehen. Herr Wokalek schaute, lächelte, grüßte

Passanten, schaute weiter und ging irgendwann weiter. Lächelnd. Er war ein ganz besonderer Mann, das merkte ich. Denn vor diesem neuen Fenster blieb niemand stehen, der irgendeine Art von Bedarf an sozialem Prestige hatte. Sie gingen etwas langsamer, schauten kurz in die Auslage und beschleunigten dann schon während der Kopfdrehung zurück auf Nordkurs. Oder sie simulierten eine wichtige Suchbewegung und blieben kurz erstaunt am roten Planeten hängen.

Später erfuhr ich mehr von und über Herrn Wokalek: Dass er ein wirklich guter Musiker war, dass er eine berührende Tenorstimme hatte, die bei einer Beerdigungsmesse hinter mir Wärme erzeugte. Er hatte eine Braun-Anlage, viele Schallplatten, ein Klavier und immer Zeit für ein kurzes Gespräch, bei dem man sich gutfühlte.

Ich hatte gehört, dass es ihm nicht gut ging, dass er aber aus dem Krankenhaus raus sei, wieder zu Hause. Beim ersten nachfolgenden Gedanken an ihn, rief ich ihn an. Er war zuerst müde, ich hatte ihn wohl geweckt. Aber dann erzählte er, vom Leben, von politischen Ängsten, die denen seines Vaters vor 90 Jahren glichen, von Erinnerungen an seine Kindheit, an seine Gefangenschaft in Frankreich. „Die Amerikaner waren sehr nett zu uns – also zu denen die noch übrig waren. Und das Essen war sehr gut, aber viel zu wenig.“ Er war 16 damals.

Drei Tage später ist er gestorben. Er war fast 97. Ich rufe jetzt immer Menschen an, wenn ich an sie denke. ∞

09 ∞ BRUNS

Bruns hieß mein Plattenspieler, der dann irgendwann kommen musste, nachdem ich meine ersten Alben – einen NoName-Hit-Sampler und zwei Sparkassen-Doppel-LPs – erst in der Musiktruhe meiner Eltern und dann auf einem uralten Plattenspieler mit Verstärker, einem Sperrmüll-Fund, an einer von einem Onkel geschenkten Selbstbau-Box mit ovalem Autoradio-Lautsprecher schon ordentlich angefräst hatte. Ein Satz in LP-Länge. Ich habe diese Geräte so oft angesehen, angefasst, angeschaltet und angebetet. Auch das alte Röhrenradio, das meine Oma nicht mehr haben wollte, denn sie hatte einen rechtwinkligen Wohnzimmer-Empfänger in Holz-Optik bekommen, ein Gerät, das nicht halb so gut klang, aber „ein Transistor" war und damit Fortschritt. Nein, nicht „Transistorradio", sondern „ein Transistor". Es war die Zeit des Vereinfachens. „Der Russe" stand vor der Tür, „der Krieg" war der von 1939 bis 1945, und „die Zone" war die vermeintlich letzte Zone, die auch schon länger keine mehr war, sondern ein Arbeiter- & Bauern-Freigehege. Schuld an vielem war damals „der Kommunismus", oft aber, realistischer eingeschätzt, „der

Alkohol": Gerne trank man mal „einen Schnaps", was immer untertrieben war.

Mit meinem Vater und Weihnachtsgeschenk-Geldgeber ging ich zum dritten Elektroladen unserer Kleinstadt. Nicht zu Kurth, nicht zu Andräs – zu Kellner. Den kleinsten Laden der kleinen Stadt betraten wir wahrscheinlich nur, weil wir in die Nähe gezogen waren und meine Eltern auch noch eine neue Waschmaschine brauchten, was ja dann praktischer war. Oder meine Mutter wollte mal wieder einen neuen Föhn.

Der Besitzer von Radio Kellner, ein zeitloser Herr in beiger Breitcordhose, war immer sachlich freundlich, antwortete sehr ruhig, kompetent und änderte dabei kaum die Mimik, die mich immer an einen müden, harmlosen, dezent traurigen Hund mittlerer Größe erinnerte. Ich muss heute noch gähnen, wenn ich an ihn denke. Aber er war ein Guter.

Eigentlich hatte ich einen Philips- oder Telefunken-Plattenspieler aus dem Quelle-Katalog im Kopf: Deren rot-schwarze Boxen mit Lochplastik-Front hatten mich irgendwie angesprochen, ich wusste aber auch, dass die langweilig aussehenden, braunen Dual-Anlagen viel besser waren. Aber auch zu teuer. Herr Kellner zeigte auf einen ebenfalls mit Holzimitat verkleideten, etwas größeren Plattenspieler mit opulenten Boxen, geschlossen, schwer, mit Metallblenden. Dieses Gerät war keine quadratische Kiste, sondern ein echtes Cockpit, mit der Regeleinheit rechts neben dem Laufwerk und nicht auf der Front, mit zusätzlicher Anschlussmöglichkeit für eine weitere Tonquelle und einer fünfpoligen-DIN-Buchse für Aufnahmen, wie Herr Kellner erklärte. Das Gerät kam vom Hersteller Bruns, der, wie ich später auf einem Etikett auf der Unterseite las, in einem Land namens GDR produzierte.

Ich schluckte die Holzoptik und bekam dafür getrennte Höhen- und Bass- und auch noch einen Balance-Regler. Die Membranfläche der Lautsprecher hatte sich gegenüber meinem Hit-Boy vervielfacht, und die Musik bekam endlich Sound. Nicht alles, was „aus der Zone" kam, war also schlecht – ich wusste es schon damals, nachdem ich irgendwann GDR dekodiert hatte. Freundschaft!

Das Gefühl, das Erlebnis, dann zum ersten Mal eine LP aufzulegen, die Nadel mit Lift auf die Platte abzusenken und dann den eigenartigen, etwas crisp-warmen Sound der Anlage zu genießen, war unglaublich. Dieses später leider immer seltener aufgetauchte Kribbeln hat sich eingebrannt. Wie der zum ersten Mal wahrgenommene Duft des Mittelmeers, noch in den südfranzösischen Alpen, kurz vor einer Kurve, hinter der sich dann eine unglaubliche Aussicht auftat, von oben auf die Côte d'Azur. Mein Bruns-Plattenspieler kam direkt danach, gefolgt von den nächtlichen TV-Highlights Mondlandung 1969 und Muhammad Ali vs. Joe Frazier 1971

Irgendwann bekam ich dann auch eine richtige HiFi-Anlage, bestehend aus Verstärker, Plattenspieler, zwei Boxen, einem Tuner und einem Tape-Deck – ich hatte dafür in einem Stahlbetonwerk gearbeitet. Der Schüler-Knochenjob ist immer absolut präsent geblieben. Die neuen HiFi-Teile dagegen überhaupt nicht, denn sie waren jetzt nur noch die größere Straße, auf der der Wagen weiterrollte. Dass ich ihn dahin geschoben hatte, das war entscheidend, die Tools weniger. Und immer lief Musik. Wobei die Lautsprecher mir schon wichtig waren, denn sie mussten ja Großes, Lautes authentisch abbilden. Irgendwann hatte ich zwei Riesenschränke, Dreiweg-Boxen mit 30cm-Bass-Speaker. Die Lautsprecher und die Frequenzweichen stammten von Pioneer, die Gehäuse baute ich gemeinsam mit meinem Vater aus Spanplatten zusammen. Das waren schöne Stunden, die er irgendwie genießen konnte, genau so wie später das Renovieren meiner ersten eigenen Wohnung – dafür war er in meine neue Stadt gekommen, wir aßen Türkische Pizza, er erzählte von seiner ersten „Studentenbude" und blühte auf. Heute weiß ich, dass es für ihn damals noch nicht so lange her war, als er selbst aufbrach. Meine Geschichte ist viel älter, spürte ich. Unsere.

Ich habe ihn dann auch mal besucht, als er in Kur war. Dort fing er an, kleine Steine zu bemalen, aus eigenem Antrieb; meistens abstrakt, bunt, sehr eigenwillig. Das war eine große Überraschung für mich. Dass es nur eine Episode blieb, überraschte mich dagegen überhaupt nicht. Die Steine sind noch da. Mein Vater hörte auch weiterhin kaum Musik. Irgendwann tauchte eine ‚Play Bach'-LP des Jacques Loussier Trios auf, die ihm jemand geschenkt hatte und die er mochte. Er lächelte immer, wenn seine Santana-Nummer im Radio lief. Manchmal sagte er dann zu meiner Mutter: „Dreh mal lauter!" Das passierte ansonsten wirklich nur bei den Nachrichten. ∞

10 ∞ MIKE

Ich war erst zwölf Jahre alt, als ich die „Pop" entdeckte. Und heute wundert es mich, mit welchen Acts ich beim Durchblättern der schlanken Hefte in Berührung kam. Damals waren das nur mir unbekannte Namen, aus manchen wurde dann nach und nach mehr. Dafür sorgten neben dem SWF3 Pop Shop, rare TV-Sendungen wie Musikladen und meine neuen amerikanischen Freunde Kenny und sein älterer Bruder Mike. Sie kannten The Osmonds, Jackson Five, Bob Dylan, Redbone, Neil Young ...

Mike verkaufte mir ein paar seiner LPs, die ich mit dem menschenverachtenden Hungerlohn bezahlte, den ich für das Austragen einer fundamentalistischen Postille namens „Die Christliche Familie" verdiente. Mike war 17 und hatte sein Kinderzimmer mit US-Penthouse-Fotos dekoriert, was das musikalische Erlebnis noch intensivierte. Er freute sich, wenn ich ihn nach Bands und Platten fragte, wenn er mir was Neues vorspielte, wenn er nichts tat. Eigentlich freute er sich immer – vermutlich in erster Linie darüber, dass ich nicht mitbekam, dass er ständig breit wie Hölle war. Ein weiterer Plattentipp von Mike war „Crosby Pills Hash &

Junk: 4-Way Weed", worüber er sich dann komplett wegwarf. Das war allerdings sein derbster Witz, denn ansonsten war er eher dezent, weder Hippie noch Rocker, er kam fast schon ein bisschen esoterisch rüber.

Die LP ‚Love Devotion Surrender' von Carlos Santana & John McLaughlin habe ich von ihm bekommen – „... this is great music, but a little too much guitar for me, weißt du", meinte er lächelnd. Das Cover-Foto dieses unglaublichen und seitdem mein Leben begleitenden Albums erinnerte mich immer an ihn, weil er dem in dieser Phase kurzhaarigen Carlos S. ähnelte.

Von Mike bekam ich später, neben Neil Youngs ‚Harvest' und ‚Bob Dylan' von Bob Dylan, außerdem eine stark angekratzte LP mit gelbem Reprise-Label geschenkt, ohne Hülle. ‚Historic Performances Recorded At The Monterey International Pop Festival', das legendäre Split-Album mit Live-Aufnahmen vom Juni 1967: Seite 1 mit vier Tracks bestritt die Jimi Hendrix Experience, die B-Seite gehörte dem afroamerikanischen Soul-Superstar Otis Redding, der, begleitet von Booker T. & The M.G.'s, mit fünf Titeln vertreten war. Jedenfalls war diese Stimme von Seite 1, die dann auch noch einen Bob-Dylan-Titel ansagte, schon so cool, dass ich fassungslos auf die in meinem Kopf halbdunkle Bühne gezogen wurde. Denn auch die ersten Gitarren-Chords & -Licks, in Hendrix' einzigartiger Spieltechnik verzahnt, krachend schwebend, sich immer nach mehreren Stimmen anhörend, waren so gewaltig und auch noch fantastisch aufgenommen, dass ich bis heute beim Hören glaube, zwischen dem Gitarristen und einem wackelnden Marshall-Stack zu stehen.

Ich feierte jedenfalls 1974 mein halbes Hendrix-Album ohne Cover, und ich glaube, in dieser Phase entwickelte sich auch meine hohe Toleranz gegenüber knisternden Vinyl-Platten. Außerdem war der stilistische Kontrast der LP-Seiten großartig, wobei die beiden Künstler, beide Mitte 20, auf ähnlichem

Energie-Niveau kochten. Ja, sie kochten, groovten, rockten, und nach diesem Otis-Redding-Erlebnis war ich auch noch Soul-Fan – und landete irgendwann bei den cooleren Temptations.

In meiner Fantasie war ich beim Hören der vier Hendrix-Track live dabei. Das Wort „Festival" hatte mich gepackt und wurde Ziel. ∞

11 ∞ PAUL & BOB

Dann gab es noch Paul: Er war etwas älter, kein typisches Army- oder Navy-Kind, sah aus wie ein Vorzeige-Kalifornier mit einem dezenten Latino-Touch. Paul arbeitete als Plattenverkäufer im Top Shop, einem nicht nur für Kleinstadtverhältnisse großen Laden, in dem es anscheinend wirklich alles gab, was in Amerika rauskam. Der Laden lag zentral in der Stadt – nur durften wir da nicht rein: Er war ausschließlich für US-Militärangehörige gedacht. Das mir später absolut verhasste „Ich kenne da jemand, der besorgt mir das günstiger ..." hieß damals: „Ich kenne jemand, der bringt mir das Album mit." Gegen Bezahlung. Korrekt illegal. Der nächste brauchbare Plattenladen, der neue und alte Rock- und Jazz-LPs und sogar gelegentlich ein paar Import-LPs anbot, war 27 Kilometer entfernt – und entscheidend war eben, dass es die meisten Alben aus dem Top Shop bei uns einfach nicht gab. Es war nicht selbstverständlich, dass alles fast zeitgleich weltweit released wurde. Manche Trends mussten sich eben erst mal in den USA etablieren, ehe man sich mit teueren physischen Tonträgern auf den Rest-der-Welt-Markt traute. Von der Musik, die nicht in Deutschland erschien, erfuhren wir ja auch nichts.

Bestenfalls mal in drei News-Zeilen in der Pop oder über einen englischsprachigen Radiosender. Oder von Paul.

Paul hatte immer gute Tipps, und da er wusste, dass ich Gitarre spielte, brachte er mir manchmal das „Guitar Player"-Magazin mit. Und irgendwann, 1976 im Frühjahr, das Debüt-Album von Stuff, der Band von Eric Gale (g), Richard Tee (kb), Steve Gadd (dr) und Gordon Edwards (b). „Das könnte dir gefallen, das ist cool und soulful", meinte er. Das Wort „soulful" hatte ich vorher noch nie gehört. Es war noch ein Album, das blieb: Denn es swingte, groovte, war wirklich soulig, klickfrei-funky, warm und rund. Organische Musik von erstklassigen Session-Musikern, kein Fusion-Kleister für Heile-Welt-Tapeten, keine pseudoweltmusikalische Kulturensuppe. Es war eine Art handmade Soul-Pop-Jazz, Musik die absolut kompatibel war mit Temptations, Earth Wind & Fire, Tower Of Power – nur instrumental und relaxter. Viel später kam das Debüt von Kool And The Gang noch in dieses Favoriten-Regal, denn auf ihrem ersten Album von 1969 machten sie noch ähnliche Musik.

Soul & R&B waren auch wichtige Zutaten vieler Hendrix-Songs, die ich nach und nach entdeckte. Er hatte das Handwerk in seinen Jahren als Tour-Gitarrist gelernt, las ich im Guitar Player. Als er 1966 seine eigene Band gründete, unter dem Pseudonym Jimmy James & The Blue Flames, interpretierte er weiter Blues- und Rock-&-Roll-Standards, aber auch einige Songs von Bob Dylan, an denen er sich erstmals als Sänger versuchte.

Es gab immer mehr Querverbindungen, es vernetzte sich etwas. Auch in meinem Leben war dann irgendwann noch Bob Dylan angekommen: Meine männlichen Mitschüler mit älteren Geschwistern sprachen über ihn, seine Texte, seine Haltung, seinen Protest. Da ich die längsten Haare hatte, konnte ich diese Fakten einfach abnicken, ohne eine klare Meinung zu ‚Visions Of Johanna' oder was weiß ich welchen Songs abgeben zu müssen. Dylans Texte interessierten mich nicht besonders. Ich mochte seine Stimme, denn die war der dreckigste Gitarrenton aller Zeiten. Dylan war Sound für mich, so wie Santana Groove war. Groove bekam Bob aber erst durch The Band, und nachdem ich sein roughes Debüt von 1962 mit viel Zuneigung überstanden hatte und die ‚Basement Tapes', aufgenommen 1967, ‚Highway 61 Revisited' (1965) und vor allem ‚Blonde On Blonde' (1966) wirklich liebte, haute mich ‚Before The Flood' von Bob Dylan & The Band (1974) einfach nur vom Hocker. Intensiver hatte ich diese Art von Songs noch nie gehört. Und wie gut Dylan bei manchen Titeln plötzlich sang – großartig! Dass diese Party nun mal zwei Gastgeber hatte und zu einem ordentlichen Teil aus bobfreien Interpretationen von The-Band-Klassikern bestand, das war mir anfangs nicht klar. Zumal detaillierte Credits auf dem Doppel-Album fehlten. Außerdem war die Künstlerangabe „Bob Dylan & The Band" für Missverständnisse geboren. Mit der Geschichte konnte ich 20 Jahre später sogar The-Band-Gitarrist Robbie Robertson in einem Interview kurz zum Lachen bringen. Und während sich Dylan und ich uns nach seinem Masterpiece ‚Blood On The Tracks' 1975 voneinander verabschiedeten und ich seit seinem eher schlecht gelaunten Auftritt am 16. Juni 1984 im Müngersdorfer Stadion in Köln, der in einer bizarren Session mit Carlos Santana endete, nicht mehr so oft an ihn denke, ist Robbie Robertson geblieben. Einer der ausdrucksstärksten Sänger und Gitarristen, die ich kenne.

Die Intensität von Bob alone auf ‚Before The Flood' ist allerdings auch kaum zu überbieten: ‚It's Alright, Ma (I'm Only Bleeding)' ist hier nicht weniger energetisch gelungen, als ‚Machine Gun', live von der Band Of Gypsys.

Zu Bob & Carlos und der bizarren Session: Ich hätte nie gedacht, dass sich zwei Idole, deren Musik ich bis heute liebe und vor denen ich einen Riesenrespekt habe, gemeinsam so demontieren können. ‚Blowing In The Wind' im Santana-Style forderte schon einen starken Pazifismus.

Aber ich liebe euch trotzdem. Alle. Und genau dafür. ∞

12 ∞ COMPILATION

"I am a D.J., I am what I play."[4]
(David Bowie)

Meine erste selbstgekaufte LP, ‚England's Top Pops' (1973), stammte aus diesem kleinen Kaufhaus, das wir Kaufhof nannten und kostete 5 D-Mark. Fünf Mark kostete damals auch eine aktuelle Vinyl-Single mit zwei Songs. Fünf Mark zugesteckt zu bekommen war ein Highlight.

Auf die erwähnte Platte bin ich gestoßen, weil sie in der Wühlkiste im Eingangsbereich des Ladens stand, den ich eigentlich nicht mochte. Der Besitzer musterte mich immer so, als wollte ich klauen. Keine Ahnung warum. Auch keine Ahnung, warum ich die LP kaufte. Ein paar der auf dem Front-Cover genannten Hits kannte ich aus dem Radio und von Ohrhörer-Nächten unter der Decke. Ich vermute, auslösend war Elton Johns ‚Crocodile Rock', das mich ganz besonders berührte, weil da jemand um sein Leben sang, dachte ich immer. Und ‚Crazy Horses' von den Osmonds klang ebenfalls, als ginge es um alles. Ich hörte die Platte sehr oft. Compilations waren gekaufte, physische Playlists.

Einen Titel rauszunehmen war aber auch nur physisch, durch Tonarmverschiebung möglich. Lift-up, Target, Fingerzittern, Lift-down, Boom!!! Scratch-Booom!!! Sound.

Compilations a.k.a. Sampler konnten aber noch mehr, wenn sie zum Beispiel thematisch konzipiert waren. Man lernte Genres und ihre Vertreter kennen, erfuhr in den diskografischen Angaben mancher Klapp-Cover beispielsweise, von welchem Album welcher Track stammte, eventuell sogar mit Jahreszahl. Denn wenn diese Information nicht da war, war sie auch kaum anderweitig zu bekommen, es sei denn, man schleppte die Platte zu einem Freund mit älteren Geschwistern. Ältere Geschwister waren im besten Fall so eine Art analoger All Music Guide – im ungünstigeren Fall Teil des adulten Überwachungssystems. Es gab schreckliche ältere Geschwister, und es gab Eltern, die ich richtig cool fand, weil sie Respekt ausstrahlten und freundlich waren. Der Vater meines Freundes Andi sah aus wie der Pianist Dave Brubeck, dessen Porträt ich mal auf einer Plattenhülle gesehen hatte. Andis Schwestern hörten James Taylor, Carly Simon – und sie hatten amerikanische Freunde. Später infizierten sie uns mit Led Zeppelin, Passport und Billy Cobham.

Meine Cousine Renata arbeitete bei der Kreissparkasse, die mit coolen Postern und von DJ Mal Sondock kompetent kompilierten Doppel-LPs junge Menschen an sich binden wollte. Das Sparschwein war fast ausgestorben, die letzten Exemplare wurden von nervenden Kleinkindern gehalten. Ich bekam die tierfreie, horizonterweiternde Werbeware von meiner Sparkassenberaterin nach Hause geliefert und lernte auf den ‚Rock Oldies' (1974) ein extrem weites, buntes Feld kennen, auf dem Musik wuchs: Les Humphries Singers, Beach Boys, Adriano Celentano, weiter ging es mit Free, Shocking Blue, The Spencer Davis Group, Deep Purple, Chuck Berry, Barry McGuire, Uriah Heep und Tommy James & The Shondells.

Keine zehn Jahre alte Rock-Musik als Oldies zu vermarkten, das ging nur in Richtung einer ganz jungen Zielgruppe. Einige Tracks faszinierten mich so, dass ich mich beim Hören wie in einem Konzert fühlte, andere nahm ich zur Kenntnis, ein paar wollten auch nach mehreren Versuchen nicht andocken. Mir muss ja nicht alles gefallen – eine schon damals entspannende Erkenntnis.

Der Mix auf dem Nachfolger ‚Hot Pop' (1975) war dem Geldinstitut ähnlich gelungen, denn hier lernte ich neben ein paar Bubblegum-Banalitäten Tommy Roe und ‚Dizzy' kennen, The Electric Light Orchestra mit ihrer Version von ‚Roll Over Beethoven', Deep Purples ‚Fireball', Steppenwolf mit ‚Born To Be Wild' und Thin Lizzys ‚Whisky In The Jar', das mich fast so faszinierte wie die hardcorefuzzige, genial-brachiale Version der ehemaligen Lagerfeuer-Nervhymne ‚House Of The Rising Sun' von der Detroit-Band Frijid Pink. Rock!!! Them mit Dylans ‚It's All Over Now, Baby Blue' klangen für mich wie die frühen Stones, deren Musik ich damals weniger mochte – als Typen fand ich sie aber cool.

Die Beatles bzw. die EMI kriegte mich mit dem „Blauen Album", ‚The Beatles 1977-70', also auch einer Compilation – das rote mit den Songs von ‚1963-66' fand ich kindisch. Das später entdeckte „Weiße Album" hieß korrekt ‚The Beatles' (1968) und war für mich eine Offenbarung. Eigentlich klang es ja auch wie eine sehr gewagte, unberechenbare Zusammenstellung und zog mich durch ein unglaubliches musikalisches Spektrum, das ich den vier Ex-Pilzkopf-Poppern nie zugetraut hätte. Niemand hatte ihnen so etwas zugetraut. Das ‚White Album' an sich spaltete von Track zu Track die progressive Fab-Four-Gemeinde noch mal genau so wie vorher rot und blau.

Ich liebte vieles von den Beatles. Einiges sehr: ‚You Know My Name (Look Up the Number)', die B-Seite der Single ‚Let It Be' (1970) nimmt dir bis heute kaum jemand als Beatles-Track ab. Ich mochte Ringo Starr, weil er so schräg und so wichtig war, obwohl viele ihn für extrem überflüssig hielten. Ringo spielt noch heute.

Ich wollte auch so viel lachen wie er. Manchmal wollte ich auch für doof gehalten werden, so wie Ringo in den albernen Beatles-Filmen, nur um meine Ruhe zu haben. Paul McCartney und John Lennon empfand ich als Genies, wenn ich mir die Liste ihrer Kompositionen anschaute. Im Gitarrenbuch „The Beatles Complete" waren das eine Menge. Eigentlich fast alle. Paul McCartney war mir damals aber zu sehr Schwiegersohn-Darsteller, so wie John Lennon mir als arroganter Nerd vorkam. So jemand, der nur Infos und Sprüche für devote Insider raushaute, die sonst niemand verstehen sollte, außer die ihn bewundernden Kopfnicker, die nichts dazu sagten, weil sie selbst keine Ahnung hatten und ihre Position im Schatten der Ikone nicht gefährden wollten. Wunderbar für den Lakaien, der die fragenden Blicke der Nicht-Eingeweihten dann auch selbst mal mit Verachtung quittieren konnte: Man hatte immer jemanden, auf den man mit dezent angeekelter Mitleidsmiene herunterschauen durfte. Lakaien waren eigentlich immer männlich. Dieses Verhalten kannte ich als Kind von Fußball-Fans, später von frühen Spex-Artikeln oder von deren fundamentalistischen Rezitatoren.

Dann brachte mir mein Vater ‚Band On The Run' (1973) von Paul McCartney & Wings aus England mit, und ich liebte diese LP, auch wegen der Musiker- und Studio-Fotos auf dem Innen-Cover. ‚Jet' berührte mich, aber noch berührender fand ich, dass mein Vater mit diesem Album zurückgekommen war. Er muss jemanden gefragt haben: „Excuse me, my elder son is interested in music and loves The Beatles. Do you have any idea, what I could ..." Ich fand den Slang der uns umgebenden US-Army-Angehörigen zwar cooler, aber mein Vater hatte Stil, mit seinem Post-Oxford-Sound, der immer so präzise gefühlt rüberkam, wie eine Bach-Partita in Dur, von Glenn Gould interpretiert.

Ich liebte George Harrison. Keine Frage, dass sein Meisterwerk ‚All Things Must Pass' (erschienen am 27. November 1970, dem ersten Jimi-Hendrix-Geburtstag ohne Hendrix) kein ganz normales Pop-Album war. In der Box mit den drei LPs befand sich auch noch ein gefaltetes Riesen-Poster des geheimnisvollen George mit Bart und Hut im Halbdunkel. Und es war wirklich weniger sein Pop-Ladendiebstahl ‚My Sweet Lord' der mich faszinierte, denn Songs wie ‚Isn't It A Pity', ‚Beware Of Darkness', ‚Hear Me Lord' waren noch intensiver. Und dann war da LP 3 mit instrumentalen Jams, denen die Beteiligten belanglose Titel gegeben hatten: ‚Out Of The Blue', ‚It's Johnny's Birthday', ‚Plug Me In', ‚I Remember Jeep' und ‚Thanks For The Pepperoni'. Aber diese Tracks, eingespielt von den in den Credits gleichberechtigt als Co-Composer genannten Musikern, war faszinierend: Jim Gordon, Carl Radle, Bobby Whitlock, Eric Clapton, Gary Wright, Jim Price, Bobby Keys, Al Aronowitz, Dave Mason, Ginger Baker, Klaus Voormann, Billy Preston und George Harrison kreierten eine Musik, wie ich sie vorher noch nie gehört hatte. Hier spielten Gitarren ohne Gitarristen, sie hatten in meiner Fantasie der Prä-MTV-Ära ein Eigenleben. George Harrison hatte bereits vorher, während seiner aktiven Zeit der Beatles, zwei eigenwillige instrumentale Alben veröffentlicht: ‚Wonderwall Music' (1968) und ‚Electronic Sound' (1969). Die waren aber vergleichsweise blutarm. Auch keine seiner späteren Veröffentlichungen kam mit einer solchen Energie bei mir an, wie diese Künstler-Compilation aus Hits, Songs und Jams.

And then there was Jazz: Herr Rois, ein großartiger Musiklehrer spielte uns Peter Herbolzheimers Track ‚My Kind Of Sunshine' vor (vom Album ‚The MPS Rhythm Combination & Brass: My Kind Of Sunshine', 1972), und diese Mischung aus Soul, Funk und Jazz war unglaublich, zumal die Herbolzheimer-BigBand komplett anders klang als James Last, dessen Glenn-Miller-Variationen oft von meinen Eltern aufgelegt wurden. Da war noch mehr möglich, auch in dieser Art Musik. ‚My Kind Of Sunshine' und die dialektgefärbten Erklärungen des sehr gut Klavier spielenden Musiklehrers aus der Pfalz, über den wir uns immer lustig machten, hatten sich bei mir eingebrannt. Herr Rois war ein wirklich liebenswerter Nerd, hatte aber anscheinend auch eine sehr düstere Seite, denn er beendete kurze Zeit später sein Leben. Es waren solche tragischen wie mystischen Verwerfungen, die mir das Leben an sich als ein mehrdimensionales Geheimnis erschienen lassen, das gleichermaßen Schönheit und Grausamkeit in sich barg, Emotionen, Banalitäten und Wunder, von denen ich noch keinen Schimmer hatte. Das wahre Leben erschien mir als ein unergründliches schwarzes Loch in einen noch unbekannten Raum, den man bisher, mit uniformen, langweiligen Fassaden getarnt, bewusst vor uns geheim gehalten hatte.

Ich glaube, es waren nach ‚My Kind Of Sunshine', neben den Sendungen von Joachim-Ernst Berendt im Südwestfunk-Radio und auch seinem Standardwerk „Das Jazzbuch", die beiden folgenden Compilations, die mich in noch ganz andere Musikwelten hineinzogen.

VARIOUS ARTISTS: ATLANTIC JAZZ EXPRESS (1974)

Billy Cobham: Quadrant
Herbie Mann: Spin Ball
John Coltrane: Giant Steps
Eddie Harris: Wait A Little Longer
The Modern Jazz Quartet: Blues In B Flat
Les McCann: It Never Stopped In My Home Town
Dave Brubeck: Unsquare Dance
Rahsaan Roland Kirk: Celestial Bliss
Chick Corea: Inner Space
Charles Mingus: Canon

Der Spannungsbogen dieser wirklich genialen Zusammenstellung – die Arbeit eines später erfolgreichen Praktikanten im Schallplattengeschäft – war extrem gelungen. Ich habe immer wieder gerätselt, was diese so unterschiedliche Musik zusammenhielt, was sie stärker machte als das alberne Cover mit der roten Lokomotive, das ich trotzdem mag. Ich liebe dieses Album unter jedem Aspekt. Und die Tracks von Billy Cobham – über ‚Quadrant' landete ich bei seinem gigantischen Jazz-Rock-Album ‚Spectrum' (1973) und bei Gitarrist Tommy Bolin – John Coltranes Pyramide

‚Giant Steps', Dave Brubecks elektrischem Vater/Söhne-Projekt ‚Unsquare Dance', Chick Coreas energetischstem Track ever, ‚Inner Space', und dann Charles Mingus' Einladung in den Minimalismus, ‚Canon' – das alles waren Auslöser und Katalysatoren meiner weiteren Bewegungen in die Musik. Ich wurde von jedem Track nur ein Stück in seine Welt hineingezogen, dann musste ich selbst weitergehen, mir die Alben besorgen oder nach irgendwelchen Informationen suchen.

Alleine ‚Giant Steps' und später das gleichnamige Coltrane-Album haben ein Parallel-Universum geöffnet, in das ich mich über Jahre immer tiefer hineingewagt, eingelebt, immer mehr entdeckt und verstanden habe. Ich fühlte mit dieser Compilation zum ersten Mal, dass Musik Freiheit bedeutet.

Zwei Jahre später kam noch eine weitere, zudem eine rare Promo-Only-Compilation von Warner Music dazu:

VARIOUS ARTISTS: NEW MUSIC THAT STAYS NEW (1976)
Les McCann: Compared To What
David Newman: Shiki
David Sanborn: Butterfat
Rahsaan Roland Kirk: Loving You
David Newman: Dance With Me
Antonio Carlos Jobim: Boto
George Benson: Breezin'
Miroslav Vitous: Synthesizers Dance
Alice Coltrane: Spring Rounds From Rite Of Spring
Randy Crawford: Everything Must Change
Rahsaan Roland Kirk: Sweet Georgia Brown
Pat Martino: Masquerada

Am faszinierendsten fand ich direkt den Opener, eine elektrisierende Live-Version des größten Hits von Sänger & Keyboarder Les McCann, in dessen Band damals der so unglaubliche wie unbekannte Gitarrist Miroslaw Kudykowski spielte und ein packendes, rockendes Solo in diese Soul-Funk-Jazz-Nummer implementierte. Diese Fassung von ‚Compared To What' scheint nur auf der Promo-LP erschienen zu sein, und ich habe viel später immer wieder mehr Musik von diesem Konzert gesucht und nie etwas gefunden. Auch Rahsaan Roland Kirk, George Benson, Miroslav Vitous und Alice Coltrane verfolgte ich weiter. Den Gitarristen Pat Martino interessanterweise nicht: ‚Masquerada' war abgespeichert, blieb aber emotional auf Distanz. Auch das war erlebtes Spektrum: diese ganz unterschiedlichen Arten zu erleben, wie Kunst berühren kann. Die Unverbindlichkeit von Labels zu erfahren, von Stilbezeichnungen, die nur Wegweiser, aber kein Dogma sein wollten. Jazz war ein eigenes Planetensystem und bestand also nicht nur aus ‚Take Five', Duke Ellington und Louis Armstrong.

Durch diese beiden Alben ist auch mein Musikgeschmack zur Compilation geworden. Oder besser noch, zum früher synonym verwendeten „Sampler" – ein Wort, das bekanntlich in den 90ern eine Bedeutungserweiterung erfahren hat: Das Musikinstrument Sampler kann Sounds & Songs aufnehmen und wiedergeben. Meine neuronale Musikgeschmackzentrale ist ganz sicher ein Sampler. Ich bin ein Sampler. I am what I play. ∞

13 ∞ LIVE

Ich war elf Jahre alt, als ich zum ersten Mal eine Band live sah. Eine elektrische Band, nicht den bläserlastigen Musikverein auf einem Straßenumzug oder ein Schul-Orchester in einer nach Gummimatten, Lederböcken und reinigungsmittelresistentem Pubertierendenschweiß der 50er-Jahre riechenden Turnhalle. Eine echte Band, die auf einer echten Bühne spielte.

Es war im NCO, dem Unteroffiziers-Club der US-Army, den man als Nichtamerikaner nur an den seltenen Tagen der offenen Tür besuchen konnte. Die gab es mal – und nur bis zu den Nachrüstungs-Protesten, zu denen wir Jahre später nach Bonn fuhren. Wir Kommunisten. „They are all communists!", war die unaufgeregt vorgetragene Analyse-Formel jedes uninformierten US-Uniformierten. These people konnten ja nichts anderes sein. Ich erinnere mich an ein Kneipen-Gespräch mit einem GI, der mir erzählte, er wolle an seinen freien Tagen Nürnberg und Berlin besuchen. Als ich ihn fragte, wie das denn mit Berlin geregelt sei, also ob er fliegen müsse oder die Transitstrecke befahren dürfe, verstand er gar nichts. Ich skizzierte eine Deutschlandkarte auf einem Bierdeckel – „West-Germany, East-Germany and this is Berlin" – und er lachte mich laut aus. Denn wenn Berlin tatsächlich eine solche Insel in East-Germany sei, dann hätten die Kommunisten sie doch schon lange einkassiert, oder nicht?! „You're foolin' me, dude!" Politische Bildung erschöpfte sich im Manifest „Kill the communists", das man vermutlich vom ideologischen Gegenüber gespiegelt hatte. Es war eine andere Zeit. Bitte komm nie wieder.

Es war eine andere Zeit. Bitte komm wieder: Ich habe als Kind im NCO-Club Canned Heat gesehen, die Woodstock-Veteranen, vermutlich nur noch mit einem Mikrofonständer aus der Originalbesetzung. Das könnte im Juli 1973 gewesen sein, als die Blues-Rock-Band in Europa tourte und in Montreux, Stockholm und Hannover auftrat. Etwas später dann Birth Control mit Bruno Frenzel an der schwarzen Les Paul. Meine Live-Premiere fand aber noch ein paar Jahre davor statt: Ich erlebte Cindy & Bert, die 1971 mit der Single ‚Der Hund von Baskerville / Holly Holy' eine deutsche Cover-Version von Black Sabbaths Hit ‚Paranoid' am Start hatten. Oder waren es Nina & Mike mit ‚Lola' von den Kinks und ‚Was wird sein in sieben Jahren' a.k.a. ‚In the Year 2525' von Zager and Evans? Jedenfalls standen da echte Musikerinnen und Musiker auf der Bühne, es war laut, es rockte, es gab Applaus. Weniger diese Musik an sich faszinierte mich, es war die Energie, die Aufgeregtheit. Ich war zehn Jahre alt und hatte Lampenfieber. Das Wort selbst fand ich immer lächerlich. Robbie Robertson, Rick Danko und The Band beglückten mich später mit ‚Stage Fright'.

Nachdem wir Jahre danach auch in unserer Kleinstadt gegen Raketenstationierungen protestierten und eine von drei Zufahrtsstraßen symbolisch belagert hatten, um von Ordnungshütern aus halb Deutschland weggetragen zu werden, war es mehr oder weniger aus mit den Open Days. Auch die Housing, die große Wohnsiedlung in der die Militärangehörigen mit ihren Familien lebten, wurde abgesperrt.

In den 60ern sind meine Eltern kurz vor Weihnachten immer mit uns durch diese opulent geschmückte Stadt neben der Stadt gefahren, wo wir dann zur Kenntnis nahmen, dass unsere hausinternen German X-mas Trees mit echten Kerzen wirklich nur ein Fliegenschiss in der Weihnachtsfeiergeschichte waren. Bei den Amis glühten ganze Wohnblocks. „Was das an Strom kostet!", meinte meine Mutter immer. „Aber so schön!"

Noch bevor der erste Live-Club meines Lebens zumindest für Kommunisten und andere Nicht-Amerikaner Geschichte war, hatte ich also dieses unglaubliche Kribbeln, dieses kalt-heiße Wechselduschen von innen, mit nach Hause genommen. Und dieses Gefühl kam jetzt auch mal beim Plattenhören auf. Meine Vorliebe für Live-Alben erkläre ich mir heute mit diesem Kick.

Live-Alben: Fans sind fasziniert von der Atmosphäre, von neuen Versionen bekannter Songs und diesem speziellen Sound, der vielleicht sogar Erinnerungen an ein selbst erlebtes Konzert triggert. Andere sind nur genervt, vom Publikum, von Ansagen, von Stücken, die nicht so klingen wie im Radio. Beides ist legitim und solche subjektiven Vorlieben muss kein Musikmensch diskutieren. Ich bin ein Live-Album-Mensch, denn ich habe ja Canned Heat erlebt – stand also quasi mit einem Bein in Woodstock. Außerdem haben viele große Bands und Künstler ihre besten Leistungen live gebracht – und im günstigsten Fall dabei auch konserviert. Denn als auftrittsfähige Band kamen die meisten ins Geschäft, um erst dann den wesentlich komplizierteren Studio-Produktions-Prozess lernen zu müssen, der oft eine Neuerfindung bedeutete.

Klar, es gab und gibt auch Kandidaten, wo man das von Fall zu Fall diskutieren muss, wenn die ruppige Live-Interpretation der intelligent komponierten Studio-Kunst auch schon mal Dope-diametral gegenüber stehen konnte oder aber, nach Hardcore-Fan-Ansicht, einen ganz eigenen künstlerischen Aspekt in der

Interpretation dokumentierte – das Grateful-Dead-Syndrom. Natürlich gab es schon immer auch Acts, die live einfach gar nichts Überzeugendes zustande gebracht haben – viele Bootlegs belegen das. Diese Künstlerinnen & Künstler wurden auch ganz sicher nicht auf der Bühne entdeckt, sondern über das Arbeitsamt oder im Schwimmbad gecastet. Von den ganz speziellen Live-Platten, die nach Jahren intensivster Überarbeitung als Entdeckung veröffentlicht werden, und dann klingen wie Studio-Einspielungen plus Applaus, rede ich erst gar nicht.

Live-Platten entdecken und kaufen ging in meinem Leben irgendwann nur noch in dieser 27 Kilometer entfernten Weltstadt an einem Fluss, der das Rheinland mit Frankreich verbindet. Sie hatte alle Nachteile einer Großstadt, wie schlechte Luft und teuere Mieten, die Vorteile anderer Metropolen waren allerdings noch in Arbeit. Es gab lange nur einen Musikalienhändler, der, neben allen möglichen akustischen Instrumenten, E-Gitarren, Bässen und Amps, auch mit einer sehr ordentlicher Plattenabteilung punkten konnte. Hier verbrachte ich viel Zeit, wenn ich eine Mitfahrgelegenheit hatte; meistens mit meinen Eltern, die immer Schuhe kauften. Ich hasste Schuhgeschäfte und rechnete die Preise irgendwelcher mir nahegelegter Horror-Sandaletten „... jetzt für den Sommer. Alle tragen das!", immer sofort in Vinyl um. Einige dieser Alben begleiten mich ein Leben lang, gehören definitiv in meinen Insel-Koffer oder in den Survivor-Sarg mit Einbauküche. Here we go, Soundtracks!

∞ Bereits erwähnt: BOB DYLAN & THE BAND: BEFORE THE FLOOD (1974) fiel mir damals als erste Live-LP in die Hände, glaube ich. Bob lieferte die Songs, und der geniale The Band-Gitarrist Robbie Robertson die rustikale Gitarrenarbeit. Singer/Songwriter-Folk-Rock der wirklich rockte. Dieses Album habe ich millionenmal gehört. Mit Stage Fright.

∞ DEEP PURPLE: MADE IN JAPAN (1972): Mehr Hard-Rock ging nicht, Anfang der 70er. Purple waren nur mit RITCHIE BLACKMORE wirklich elektrisch & gefährlich. Ich besaß die Platte überhaupt nicht, denn sie lief ja schon bei allen anderen. Zu ‚Child In Time' knutschte ich bei den High-Noon-Parties während der ersten schulfreien Samstage immer mit meiner ein Jahr älteren Mitschülerin, die mir dann zum besoffenen Abschied, am frühen Nachmittag, regelmäßig von ihrem noch älteren Freund erzählte. Das wusste ich ja auch schon, und der nächste freie Samstag kam sowieso. Alles war nett so wie es war. Diese Leichtigkeit des Seins ist irgendwann auch mal auf der Strecke geblieben, denke ich gerade, während 80er- und 90er-Jahre-Dramen in schlechter VHS-Qualität durch meinen Kopf speeden. Schlimm war nur, wenn dann zwischendurch jemand ‚Horse With No Name' von America auflegte. Ein tragisch nervender Touristen-Song, der für mich so authentisch rüberkam wie der „so cute german Christkindl market". Bei ‚Woman' von John Lennon & Yoko Ono war für mich auch Knutschpause. Das war dann zu banal.

Die Parties waren bald kein Thema mehr, warum weiß ich auch nicht. Irgendwann hatte die Mutter des Gastgebers wohl genug davon, schreiend an die geschlossene Kellertür zu hämmern und von innen explizit unangemessene Antworten ihres hochalkoholisierten Erstgeborenen zu bekommen. Einmal muss sie hausbeschuht eine Kotzlache vor dieser Tür übersehen haben – ihr Protestsong hatte jedenfalls einen etwas derberen Beat an diesem Vormittag.

∞ Bowie traute ich anfangs nicht so ganz über den Weg. Ich kannte ihn seit ich zwölf war, denn einer seiner Songs war auf meiner allerersten LP ‚England's Top Pops' (1973) zu hören. David Bowie war anfangs ein einziges Mysterium. Er sie es war unfassbar. Auf jedem Foto sah er anders aus. Und DAVID BOWIE: DAVID LIVE AT THE TOWER OF PHILADELPHIA von 1974 war ein Rock-Knaller des gewandelten ‚Ziggy Stardust'/‚Aladdin Sane'-Weirdos, der jetzt einmal durchatmete um dann zum

‚Young American‘ zu mutieren. Auf seinem ersten Live-Album waren/sind u.a. ein hervorragend solierender Earl Slick (g) und der überragende Bassist Herbie Flowers zu erleben. Von Sideman Slick habe ich gelernt, dass eine E-Gitarre im Solo auf jeden Fall zu laut sein muss, im Mix ganz vorne stehen sollte, so wie die Gesangsstimme des jeweiligen Arbeitgebers. Gerade das zeichnete den eigenwilligen Sound dieses überragenden Live-Mitschnitts aus – und wurde bei einer späteren CD-Re-Re-Release zeitgeistig glattgebügelt. Unglaublich, was sich manche HiFi-Dogmatik-Diktatoren erlaubten – da ging es extrem respektlos, übergriffig, manipulierend an die Substanz eines Kunstwerks. Nein, ich möchte nicht die Titten der Mona Lisa sehen. Der Tower-Trip durch ‚1984‘, ‚Moonage Daydream, ‚Sweet Thing‘, ‚Changes‘, ‚Suffragette City‘, ‚Aladdin Sane‘ mit dem unglaublichen Piano-Solo von Mike Garson und den ganzen Rockern danach war schon großartig. Aber dann kam DAVID BOWIE: STAGE (1978) und zeigte den Künstler schon wieder in einer Umbruchphase. Die Songs und Instrumentals der hier live interpretierten Alben ‚Low‘ (01/1977) und ‚Heroes‘ (10/1977) änderten mein Leben – ‚Lodger‘ (05/1979) wurde oft in diese vermeintliche Trilogie gedrängt, ist aber eigentlich schon das ganz andere Sprungbrett raus gewesen. Auf ‚Stage‘ brillierten u.a. die Gitarristen Carlos Alomar und Adrian Belew, an ‚Heroes‘ war King-Crimson-Ikone Robert Fripp beteiligt, Ex-Roxy-Music-Unikum Brian Eno schraubte mit ... und diese Musik passte perfekt in meine Grundstimmung dieser Zeit, zwischen nur netten, Mango-Tee trinkenden Müsli-Mädchen und den wahren Geheimnisse des Lebens. Wenn ‚Heroes‘ einsetzt, geht ein warmer Strom durch meinen Körper.

∞ Ich habe ROXY MUSIC nicht vergessen: In einer TV-Sendung von Radio Bremen, „Musikladen“, sah ich sie 1973 und war, vorbereitet durch mein frühes Bowie-Erlebnis, sofort fasziniert. Am 16. Juni 1972 war ihr Debüt-Album ‚Roxy Music‘ erschienen, ein knappes Jahr später (Ausstrahlung: 30. Mai 1973), ich war noch nicht mal zwölf Jahre alt, sah ich die Band um Bryan Ferry, Brian

Eno & Co. am von der ganzen Familie genutzten PC-Monitor-Vorläufer „Fernsehapparat", wo man nie mal alleine was in Ruhe gucken konnte. „Wie sehen die denn aus? Nein! Und die Haare ...!" Ich war fasziniert: Bryan Ferry mit Glitzer-Pailletten-Jacke, Phil Manzanera mit Sternenbrille und roter Gibson Firebird mit sägendem Kniedel-Solo, Saxophonist Andy Mackay trötete, und da war noch dieses weirde Synthesizer-Wesen von einem anderen Stern, Brian Eno – und sie spielten ‚Virginia Plain'. Das war meine endgültige Dauerkarte in die bizarre Welt von T.Rex, David Bowie, Velvet Underground, ein bisschen Alice Cooper und eben ganz viel Roxy Music. Als 2018 das Debüt-Album mal wieder neu aufgelegt wurde, war insbesondere das große 3CD+DVD-Boxset die Offenbarung: Neben dem Original-Longplayer in der 1999 von Bob Ludwig remasterten Version, lieferte CD2 dann noch alternative Versionen aller Album-Tracks, darunter auch Demos vom Frühjahr 1971, und auf der dritten CD findet man Live-Material aus diversen BBC/The Peel Sessions vom Januar, Mai und August 1972. Auf der beiliegenden DVD befinden sich Promo-Videos und einige BBC-TV-Auftritte, sowie seltenes Material vom Roxy-Music-Gig im Club Bataclan in Paris, ebenfalls von 1972. Finaler Knaller ist dann noch mal das Album selbst, allerdings neu abgemischt von Steven Wilson, in 5.1-DTS- und -Dolby-AC3-Sound. Dazu gibt's ein 136-seitiges Buch mit vielen Fotos und Infos. Keine Frage: Absolutes Nacherlebungs-Must-Have-Item für zu junge Fans dieser wirklich progressiven musikalischen Institution der frühen 1970er-Jahre. „Mit 21 Jahren wurden meine musikalischen Träume wahr und ich durfte dieses Album mit diesen wahnsinnig talentierten und einzigartigen Musikern aufnehmen", kommentierte Gitarrist Phil Manzanera das Debüt ‚Roxy Music' einmal. „Es war eine magische Zeit – und magische Musik." Und für mich erst.

∞ Next stop, Woodstock: Wann genau, wie und warum ich mir TEN YEARS AFTER: RECORDED LIVE (1973) besorgte, weiß ich nicht; vermutlich aber nach Genuss der großen

Woodstock-Festival-Dokumentation. Interessant war es zu erfahren, dass Sänger & Gitarrist Alvin Lee viel mehr war als der ‚Goin' Home'-Fiedler vom Woodstock-3LP-Set. Und so einen Mix aus Blues, Rock, Soul, Jazz, Klassik, Folk hatte ich noch nicht gehört. Da war wieder eine ganz neue, eigene Facette, mit dem Instrument E-Gitarre zu sprechen. Und mit dem Format Live-Album wirklich Atmosphäre zu kreieren: Alleine die Ansage, „...und jetzt, in der Festhalle in Frankfurt: Ten Years After!"[5], im Original mit deutlicher Hässisch-Fäbbung, plus die ersten Töne danach, sind den Kauf dieses Albums wert. Die legendäre Ansage war aber schon Sekunden danach verblasst, und als nach einer knappen halben Minute mit spannenden Aufwärmgeräuschen von Drums, Orgel und Gitarre, Alvin Lee „Hello!" ins Mikrofon rief, ging es los: Ein stehender Akkord, eine Rock-Stimme, ein Drum-Beat, eine Band ... und schon war ich mittendrin in diesem Konzert, das ein dramaturgisch sehr gelungener Zusammenschnitt mehrerer Shows war. Ein Live-Album, von dem ich lernte, dass es nicht nur den einen Weg, den einen Sound, die eine Farbe, Form oder Funktion gibt, wenn du etwas ausdrücken willst. Auch nicht in der Rock-Musik. Also bedien' dich!

Alvin Lee hatte sich bedient: So mutierte das cool eingeleitete ‚One Of These Days' nach wenigen Minuten zu einer irgendwie swingenden Blues-Nummer über einen Akkord, mit einem unspektakulär-netten Harp-Solo, schwenkte aber dann zu einem Gitarren-Part, der anders klang als von anderen Gitarristen, und der ganz schnell von ein paar Lead-Licks zu einem geradezu hypnotischen Riffing wechselte. Und dann: leise Orgel, ein cooles Riff, plötzlich Vollgas: ‚You Give Me Loving', der Lee-Song, der – obwohl etwas zu hoch für ihn – schon deutlich zeigt wie sehr die Stimme des TYA-Frontmanns seit dem ersten Live-Album ‚Undead' gereift ist. Und was er anschließend gitarristisch im ersten Solo abliefert, das in bester Allman-Brother-Art swingt wie Hölle, ist unglaublich virtuoses Gitarrentheater zwischen den Stilen. Nach dem Klassiker ‚Good Morning Little Schoolgirl' und dem Schlagzeug-Feature ‚Hobbit' folgt mit dem extrem langsamen Blues ‚Help Me' (1963 von Sonny Boy Williamson II, Willie Dixon und Ralph Bass geschrieben) ein Song, der Alvin Lees ganze Größe als souliger Blues-Sänger zeigt – und seine Kunst der virtuosen Beschränkung: Der Song wird auf ein sehr simples Unisono-Riff reduziert, das Lee unglaublich umspielt, mit einer Blues-Sprache, die näher an David Gilmour, Jeff Beck oder in Ansätzen an Carlos Santana ist als an B.B. King. Ein Meisterstück was Spannungsbögen angeht. So wie das ganze Album, denn nach diesem Blues-Rocker folgt mit ‚Classical Thing' eine barock gepickte Solo-Einlage des E-Gitarristen, die fast ohne Unterbrechung in das jazzig-bluesige ‚Scat Thing' überfließt, um dann in Al Koopers ‚ I Can't Keep From Cryin' Sometimes' ein weiteres Mal soulige Vocals (mit Van-Morrison-Touch – nur besser gelaunt), ein grundlegendes Riff und ein extrem jazziges Gitarrensolo, anfangs in Oktaven, zu kombinieren. Der improvisierte Mittelteil ist als Alvin-Lee-Komposition gelistet und heißt ‚Extension On One Chord'. Auch hier wieder große Nähe zu Duane Allman und, aus heutiger Sicht, auch zu Derek Trucks. Lees schneller Singlenote-Solo-Part ist hier mindestens so spektakulär wie sein berühmtes ‚I'm Going Home'-Feature. Kaum zu glauben, aber es führt nach einer unglaublichen Geräusch-Improvisation und ein paar Zitaten von Elvis, Cream, Santana, ‚Peter Gunn' u.a. dann doch ein Weg zurück zu Al Kooper, und direkt anschließend folgt mit der Spaß-Nummer ‚Silly Thing' eine ganz kurze Country-Picking-Einlage. Der wunderbare ‚Slow Blues In C' beschließt dieses an vier Abenden in Frankfurt, Amsterdam, Rotterdam und Paris mit dem legendären Rolling Stones Mobile Recording Truck aufgenommene Album – so habe ich es jedenfalls immer empfunden: Denn ‚I'm Going Home' und ‚Choo Choo Mama' sind eben doch nur typische Zugaben-Rock-'n'-Roller. Echt großartige Zugaben-Rock-'n'-Roller. Aber die unglaubliche Freestyle-Blues-Jam-Rock-Potenz der vorangegangenen Tracks haben sie nicht. Dafür pure Energie, die so kaum ein anderer Gitarrist aus den Saiten zaubern konnte. Und auch wenn es um Blues pur ging, setzte Alvin Lee auf einen eigenen Ansatz: warmer Sound, etwas kühle

Rhythmik, ‚Slow Blues In C' transportiert alle blauen Wes-Montgomery- und B.B.-King-Qualitäten, aber im Alvin-Lee-Style. Zu den Kollegen, die ihre minimale Pigmentierung mit Sonnenstudio, einem in die Biografie lancierten Baumwollfeld oder Großstadt-Ghetto und jeder Menge abgekupferten Lick-Trivialitäten zu kaschieren anstreben, gehörte der Mann aus Nottingham ganz sicher nicht.

∞ Wenn man den großartigen Gitarristen Duane Allman liebt, dann ist ALLMAN BROTHERS BAND: AT FILLMORE EAST (1971) eine Ikone. Das Doppelalbum gibt's übrigens auch in einer 5.1-Version für Surround-Fans. Hier wurden jedenfalls Sound-Marken gesetzt, was das Phänomen Gibson-Gitarren@Marshall-Amps angeht. Die Nachfolge des bereits 1971 verstorbenen Duane Allman war eigentlich erst 1999 wieder in trockenen Tüchern, als Derek Trucks Band-Mitglied wurde. Die DVD-Veröffentlichung LIVE AT THE BEACON THEATRE (2003) dokumentiert sein geniales Zusammenspiel mit dem anderen Allman-Brothers-Gitarristen, Warren Haynes. Dereks erste beiden Solo-Alben und die Aufnahmen mit ‚THE DEREK TRUCKS BAND: LIVE AT GEORGIA THEATRE' (2004) und ‚SONGLINES LIVE' (2006) zeigen seine eigene, etwas offenere musikalische Seite.

∞ Singer/Songwriter-Kollegin JONI MITCHELL hatte auf ihren Live-Meilensteinen MILES OF AISLES (1974) und SHADOWS AND LIGHT (1980) mit ROBBEN FORD beim erstgenannten und dann mit PAT METHENY & JACO PASTORIUS, erstklassige Saitenspieler am Start. ‚Miles Of Aisles' ist ganz sicher mein einziges Lieblings-Album von Robben Ford.

∞ JIM HALL: LIVE! (1975) ist eines der schönsten und spannendsten Gitarren-Trio-Jazz-Alben aller Zeiten. Hier hört man, wo Scofield, Metheny und Co. gelernt haben, hier lernt man, dass man über die bravsten Standards extrem eigenwillig improvisieren kann – und das mit fettem Handschuhton. Unglaubliche Musik, wunderschön, einzigartig.

∞ Ein immer noch bei vielen Fans unbekanntes Album ist das beim deutschen Label Enja erschienene JOHN SCOFIELD: LIVE (1977), auf dem der Gitarrist mit bluesig angezerrtem Ton seine BeBop-Lines abfeuert, wunderbare Balladen spielt, und das mit einem akustischen Jazz-Trio um den Pianisten Richie Beirach. Weltklasse, wie auch der Studio-Nachfolger ‚Rough House' (1978).

∞ Was 1974 auf drei LPs erschien, ist bis heute sein Meisterbrief: SANTANA: LOTUS zeigt Carlos S. in klassischen Latin-Rock-Songs wie auch in jazzig-trippigen Psychedelic-Improvisationen, die zeitlose Gitarren-Highlights sind.

∞ Hier hat er alles gegeben und es allen noch mal gezeigt: JEFF BECK: AT RONNIE SCOTT'S (2008) präsentiert ein Tone-Genie, einen Gitarristen, der mit seinem Instrument verwachsen zu sein scheint und der alle Stilgrenzen überspielend berührende Noten zaubert. Weltklasse, für immer.

∞ Im Fall von JIMI HENDRIX ist der Live-Einstieg ganz einfach, nämlich chronologisch korrekt mit JIMI PLAYS MONTEREY (1967), BAND OF GYPSYS (1969/70) und WOODSTOCK (1970). Bestes aus drei Jimi-Live-Welten.

∞ PRINCE brillierte live u.a. bei einem ausgiebigen Club-Gig in Den Haag, am 18. August 1988. NIGHTCLUBBING heißt das Bootleg-Album, auf dem er u.a. im Soul-Klassiker ‚My Imagination' sein bestes Gitarren-Solo aller Zeiten ablieferte.

∞ Live geht auch ohne Publikum. Der große Jazz-Gitarrist ATTILA ZOLLER hat mit CONJUNCTION am 11. Oktober 1979 „Four spontaneous improvisations for guitar" eingespielt, direkt aufs

Vinyl-Master-geschnitten. Mehr live geht nicht. Wer sich für freie Spielarten der Gitarrenmusik interessiert, muss hier reinhören.

Ja, klar – es gibt noch ganz viele tolle Live-Alben, die ich vergessen habe oder die bei mir auf den nachfolgenden Listenplätzen stehen: ISAAC HAYES: Live At Sahara Tahoe, TOURE KUNDA: Live Paris Ziguinchor, JOHN COLTRANE/ARCHIE SHEPP: New Thing At Newport, THIRD WORLD: Prisoner In The Street, ATLANTIS: Live, FRUMPY: Live, PETER FRAMPTON: Frampton Comes Alive, RORY GALLAGHER: Irish Tour, ZAPPA/MOTHERS: Roxy & Elsewhere, BOB MARLEY: Babylon By Bus, MOTHER'S FINEST: Live, MOTÖRHEAD: No Sleep 'Til Hammersmith, THE ROLLING STONES: Get Yer Ya-Ya's Out, THE WHO: Live At Leeds, THIN LIZZY: Live And Dangerous, JOHNNY WINTER And: Live, DAVID GILMOUR: Live In Gdansk, HERMAN BROOD & HIS WILD ROMANCE: Bühnensucht, ZELTINGER BAND: Live im Roxy und Bunker, THE VELVET UNDERGROUND: Live At Max's Kansas City und 1969: The Velvet Underground Live ...

Und: Joni Mitchell war nicht die einzige Frau in der männerdominierten Live-Album-Musikwelt und meinem Musikleben. Viel mehr Input lieferten irgendwann MTV und YouTube – beispielsweise mit Live-Mitschnitten der vielen großartigen Sängerinnen & Instrumentalistinnen, deren Sounds ich liebe: Wild Orchid, Nico, Lucinda Williams, Anouk, Angélique Kidjo, Erykah Badu, Billie Holiday, Carla Bley, Yvonne Ducksworth, Inga Rumpf, Nina Simone, Michelle, Donna Summer, Lauryn Hill, Solange, Shelby Lynne, Karen Carpenter, Meshell Ndegeocello, Gail Ann Dorsey, Bobbie Gentry, Laurie Anderson, Hole, Beth Gibbons, Ayo, Chic, Sister Sledge, Cassandra Wilson, Mel C, Katja Werker, Suzan Köcher, Angelika Niescier, Ace Tee, Leila Akinyi, Cowboy Junkies, Luise Weidehaas, Ganes, Klee, Vanessa Petruo, Madonna, Anja Franziska Plaschg, Susie Van Der Meer, Amira Warning, Little Simz, Selah Sue, Elif, Julia Kadel, Nichtseattle, Anna Calvi ... ∞

14 ∞ SCHLAGER

Und dann war da noch ein Live-Act: das Medium Terzett, das Anfang der 70er-Jahre in meiner Stadt auftrat. Anlass war ein internationales Folklore-Festival, bei dem bunt verkleidete Menschen aus vielen europäischen Ländern ein Wochenende lang durch die Gemeinde zogen, darunter auch Musikgruppen und Tanz-Ensembles. Im Festzelt wurde dann an jedem der drei Spätnachmittage und Abende gefeiert, es gab weitere folkloristische Auftritte und ab 20 Uhr ein Unterhaltungsprogramm mit deutschen Schlager-Acts und „Show-Bands", die ebenfalls deutsche Schlager spielende Acts waren, sich aber teils semi-coole amerikanische Namen verpasst hatten. Meine Freunde und ich trafen uns meist vor dem Festzelt, weil es Eintritt kostete. Wir hingen einfach ab und lugten zwischen den verschnürten Planen durch auf die Bühne.

Wenn wir Pech hatten, gab es Stress. Eigentlich hatten wir regelmäßig Pech. Immer wieder wurde einer von uns von Szabo, meist unterwegs mit zwei Brüdern und dem unheimlichen Nuszko – einem eiskalten Jugendlichen mit uraltem Gesicht, der mir ein paar Karrierejahre später mal in einem Club eine geladene Waffe an die Schläfe hielt – sowie ein paar gleichaltrigen Mitläufer-Sklaven hinter das Zelt in eine Kotz- und Piss-Ecke eskortiert – und verprügelt. Einfach so, aus Spaß. Diese Art von Spaß konnte ich, nicht nur weil ich regelmäßig selektiert wurde, schon damals noch weniger nachvollziehen als das gassenhauerische Unterhaltungsprogramm, das den Soundtrack lieferte.

„Was willst du? Wir sind fair. Es schlägt immer nur einer ....“ Wenn man am Boden lag wurde noch ein bisschen nachgetreten. Ihr Lachen tat mehr weh, und die Tatsache, dass man Spuren von menschlichen und tierischen Ausscheidungen aller Art an seinen Klamotten hatte, machte die Erniedrigung perfekt. Ich schlich mich nach Hause, erzählte was von „... hingefallen“ und wechselte die Kleidung. Oder ich verkroch mich in meinem Zimmer. Solche Erlebnisse haben eine unglaublich lange Halbwertszeit, merke ich gerade.

Ich glaube, die Schläger sind inzwischen alle tot. Was Heroin nicht schaffte, regelte ein Herzinfarkt, Polizeikugeln, Alkohol.

Später, als das braune Pulver sie zahm machte, habe ich zumindest Szabo sogar gemocht. Er war ein lieber Kerl und hatte schöne Augen. Seine Schwester Ani hatte noch schönere Augen und starb kurz nach ihm.

Zurück ins Festzelt: Das Medium-Terzett war auch Anfang der 70er-Jahre noch sehr angesagt, und Festzelt-Auftritte waren durchaus gut bezahlt. Die Volksmusikschlager-Experten aus Osnabrück – Helmut „Henry“ Niekamp, Wilfried Witte und

Lothar Nitschke – starteten ihre Karriere 1954 bei einem Feuerwehrfest in Melle, 1960 wurden sie dann auch für das Deutsche Fernsehen entdeckt, von Showmaster Peter Frankenfeld. Live machten die Drei gewaltig Druck von der Bühne und Stimmung im Zelt, mit Liedern über Winnetou, die Südsee, drei Chinesen mit einem Kontrabass und einen Eimer mit Loch. „Bis in die 1980er-Jahre war das Trio immer wieder Gast in zahlreichen Fernseh- und Rundfunksendungen, unter anderem bei Dalli Dalli. In der Sendung Zum Blauen Bock hielt es mit 30 Auftritten den Rekord als häufigster Gast", sprachstolperte eine ansonsten souveränere Online-Enzyklopädie offensichtlich angetrunken durch das Thema.

Schlager war absolut nicht mein Ding, aber die drei gefielen mir. Nicht nur wegen ihres Auftritts, den ich mit dem Kopf zwischen zwei nicht fest verschnürten Zeltplanen verfolgte, sondern auch weil sie danach über den Festplatz gingen, freundlich lächelten, dabei aber liebenswert orientierungslos wirkten. Ich war nicht allein. Ich wollte auch Musiker sein.

Was für eine schräge Szene. ∞

15 ∞ MORE

Die Steigerung von Live ist Festival. Mein erstes Rock-Festival erlebte ich am Freitag, den 05.09.1975 in einer nahe gelegenen Kreisstadt. Es spielten Message, Birth Control, Randy Pie und Kin Ping Meh. Danach war ich Rock-Soul-Funk- und auch noch etwas Post-Kraut-infiziert. Es war ein sehr aufregender Abend, wieder mit Musikern, die nach ihrer Show zwischen den Konzertbesuchern rumliefen und im Toilettenwagen neben uns pinkelten. Und ohne Prügel.

Irgendwann danach explodierte Equation, eine lokale Band, die aus Amerikanern bestand und schon damals so etwas Ähnliches wie den Black Rock, Alternative Metal oder Funk Metal spielten, mit dem die New Yorker Living Colour – Vernon Reid (g), Muzz Skillings (b), Will Calhoun (dr) und Corey Glover (voc) – ab 1988 durchstarten sollten.

Ich erinnere mich nur noch an Jam Strachan, der Bassist und auch Sänger war. Der Drummer hieß James Woodford Sr., der

Gitarrist John Pangallo. Sie rockten umfassender. Kraut war jetzt definitiv gegessen. Denn Equation waren gewaltig: Sie hatten eine wirklich beeindruckende Anlage und brachten bei ihrem Gig am 30. Oktober 1976 unser katholisches Jugendheim in Schwingung. Wall of Sound – endlich kapiert! Phil Spector hatte zwar eine andere Philosophie, aber der umwerfende Effekt war ähnlich. Man kann Musik fühlen, körperlich. Als Musiker kennst du das, wenn dein Instrument an deinem Bauch, Hals oder an deinen Lippen vibriert, und in einem engen Proberaum bringst du ganz schnell die wenige Luft in Schwingung. In größeren Räumen oder im Freien klangen unsere kleinen Amps dann eher dürftig. Aber hier erlebte ich das Ganze in Groß, in Laut, mit einem enormem Schalldruck, der deine Organe vibrieren ließ.

Beim Equation-Konzert stolzierte dann plötzlich noch ein weiterer Mensch auf der Bühne herum, mit Zylinder auf dem Kopf, einem Gehstock in der Hand, dunkel gekleidet – strange!!! Das sei The Wizzard, sagte man mir, und ich weiß nicht mehr, ob er nur da war, was sagte, rappte oder sang. Eine skurrile, absolut unerwartete Erscheinung vor einer brachialen Klangwand, die dich umwarf ... Dieses physische Erleben, das Spüren von Musik hatte ich eigentlich erst wieder in den 90ern, als ich verspätet Techno und seine Chill-Varianten kennenlernte. Und hier gab es dann sogar auch leise Musik, die dich tieffrequent überrollte und warm einlullte. So wie auf ganz andere Art auch manche John-Coltrane- oder Miles-Davis-Aufnahme aus den späten 50ern.

Nach diesem Konzert wusste ich: Klar, bunte Welt – aber da ist noch viel mehr ... Das vermutete Mehr zog mich auf Festivals, die sich wie Reisen durch Musik anfühlten.

∞ 03.09.1978 Summertime Open Air, Saarbrücken.

Brand X feat. Phil Collins, Scorpions, Joan Baez, Frank Zappa, Alvin Lee, John McLaughlin, Genesis.

Nach diesem Konzert war ich nicht nur Brand-X- sondern auch Phil-Collins- und Genesis-Fan. Ihre ‚And Then There Were

Three'-Besetzung war einfach umwerfend: Mike Rutherford (g/b), Tony Banks (kb), Phil Collins (voc/dr), Daryl Stuermer (g) und Chester Thompson (dr). Auch die damals revolutionäre „Laser-Show", die von der Bühne Strahlen in den Himmel jagte, mit denen man Planeten eliminieren konnte, waren bis dahin ungesehen. Meine einzige Joan-Baez-LP habe ich nach dem Festival verkauft, weil mich die US-Folk-Schutzheilige mit arroganten Publikumsbelehrungen und einer sinnfreien Bob-Dylan-Parodie nervte. Ansonsten: Scorpions mit Uli Roth, Frank Zappa mit Ike Willis, Denny Walley, Arthur Barrow, Tommy Mars, Peter Wolf, Ed Mann und Vinnie Colaiuta, Alvin Lee & Ten Years Later und John McLaughlin mit der One Truth Band – L.Shankar (viol), Stu Goldberg (kb), Fernando Saunders (b) und Tony Smith (dr) – alles anders, alles unglaublich.

∞ 23.06.1979 British Rock Meeting '79, Loreley. Mit Dire Straits, Barclay James Harvest, Police, Dr. Feelgood, Whitesnake, Tom Robinson Band, Sniff'n The Tears.

Ich war gerade 18 Jahre alt geworden und durfte daher auf der Rückreise von einer Kursfahrt in den Schwarzwald unterwegs aussteigen, um weiter zur Loreley zu trampen.

Dire Straits waren interessant: Diese cleanen Gitarren-Songs des ersten Albums klangen selbst für mich als Gitarristen so ungewohnt, dass ich sie nicht auseinanderhalten konnte, und immer wieder dachte: „Das ist doch jetzt dieser Hit ..." Aber dann war es eben wieder nicht ‚Sultans Of Swing'. The Police waren bei diesem Festival übrigens kein Top-Act, sondern wenig beachteter Teil der Nachmittags-Bespaßung. „Wer ist denn der Typ mit dem Kontrabass?" Musik, die mich einfach nur relaxed am Festival-Abhang entlang schlendern ließ. Ich genoss den Tag, die 18, den Ausstieg aus dem Schulbus und Claudia aus Neuss, die zwischen den Shows ein bisschen mit mir rummachen wollte.

Vom Top-Act Barclay James Harvest erinnere ich nur einen Blick auf die Bühne. So einen Genesis-Verschnitt für Arme brauchte ich wirklich nicht, denn ich hatte ja das Original erlebt und sicher abgespeichert. Ich war schon auf dem Weg runter an den Rhein, um dann 170 km nach Hause zu trampen. Am nächsten großen Autobahnkreuz stand ich in der Kurve Richtung Luxembourg – und es war still. No one going nowhere in dieser Nacht. Aber ich kam an.

∞ 16.-17.07. Münchner Jazz-Fest '79, Olympiahalle

Ich trampte einige Male nach München, denn ich liebte diese Stadt. Schlafen konnte man am Hauptbahnhof oder im Englischen Garten, wenn man sich gut versteckte, Duschen im Olympiabad, und Musik gab es auch noch jede Menge. Ich war im Domicile in der Leopoldstraße 19 und erlebte das Attila Zoller Trio, hörte Musik auf der Straße und eine tolle Band in einem kleinen Laden nicht weit vom Englischen Garten, den ich beim Herumlaufen entdeckt hatte. Ich lief immer herum. Verirren kann man sich nicht in München, denn der Bewohner beantwortet bis heute recht artig Fragen, die seine Stadt betreffen.

Hauptgrund des Trips war aber das Münchner Jazz-Fest '79 in der Olympiahalle. Im WDR-Rockpalast vom 22.04. hatte ich Johnny Winter und seine spezielle Art des Blues entdeckt, und das Münchner Jazz-Fest hatte mit Muddy Waters eine weitere, noch berühmtere Blues-Legende angekündigt. Als ich mit ein paar Freunden vor den Festival-Plakaten im Eingangsbereich der Olympiahalle stand, war da direkt unter dem Namen Muddy Waters auf einem bunten Aufkleber zu lesen: „Special Guest: Johnny Winter". Ein unglaublicher Moment. Der Blues-Anteil war bei Jazz-Festivals relativ hoch – so wie das auch schon in den 60ern in England und den USA üblich war. Und in mancher dieser Bands waren dann auch noch großartige Sidemen am Start, von denen man später noch hören sollte. Was aber auch und noch häufiger passierte: Ich erlebte Musiker, deren Namen ich vielleicht mal gelesen hatte, vielleicht sogar Musik von ihnen im Radio gehört hatte, aber sie kickten in dem Moment als sie auf der Main Stage standen einfach nicht genug, um sitzenzubleiben und zuzuhören. In der Olympiahalle gab es, wie bei vielen anderen

Festivals auch, noch zwei, drei weitere Bühnen, auf denen dann ganz schräge Acts zu erleben waren. Also ging ich zwischendurch auch mal in den Keller, erlebte Paul & Limpe Fuchs und dachte: „Leute, die mich schon strange finden, sind echt weltfremd." Nur kurz sah ich auf der Hauptbühne Chick Corea & Herbie Hancock, die ich knapp zwei Wochen vorher in Luxembourg erlebt hatte, und die neben ihrer wirklich faszinierenden Zwei-Piano-Musik auch noch als sehr unterhaltsame Typen rüberkamen. In München zeigte sich dann, dass sie nicht nur ihre Musik, sondern auch alle Gags sauber auswendig gelernt hatten. Der Konzertablauf war passagenweise absolut identisch. Brave Buam. Das war mir dann doch zu sehr Samstagabend-TV, und davon hatte ich als Kind, mangels medialer Alternative, eine Überdosis abbekommen. Interessant ist, wie sehr Typen verblassen können: Das waren aber bei aller Biederkeit nicht Peter Alexander, Peter Frankenfeld, Hans-Joachim Kulenkampff oder Hans Rosenthal, denn die nervten zwar irgendwie ein bisschen, waren aber echt. Chick & Herbie waren für mich am Ende des Tages damals die Promi-Stricher des Festivals – Jazz-Darsteller. Mit Hancock wurde ich erst später warm, aber Chick Coreas erste Alben, wie ‚Tones For Joan's Bones' (1968), mit Woody Shaw (tp), Joe Farrell (ts/fl), Joe Chambers (dr), Steve Swallow am Kontrabass und dem Bandleader am akustischen Piano waren und bleiben umwerfend, genau wie ‚Now He Sings, Now He Sobs' (1968) mit Miroslav Vitous (b) und Roy Haynes (dr). Meinen absoluten Lieblingstitel gibt es nur auf der 1973 erschienenen Compilation ‚Inner Space', die sein 1966 eingespieltes und '68 veröffentlichtes Debüt ‚Tones For Joan's Bones' enthält, plus zwei unveröffentlichte Stücke, ‚Guijira' und eben das geniale ‚Inner Space'. Und ‚Light As A Feather' (1972) mit Return To Forever bleibt genau so für immer auf meiner Playlist. Coreas ‚Spain' empfand ich dagegen von Anfang an als eine peinliche Angebernummer für Fusion-Wettbewerbe.

Wer spielte sonst noch alles in München? Beeindruckt hat mich direkt um 16 Uhr der energetische Opener, das Heinz Sauer

Quartett mit Bassist Adelhard Roidinger, Drummer Joe Nay und Bob Degen am Piano. Nach Jay McShann, Willie Bobo, der New York Jazz Repertory Company (u.a. mit George Duvivier und Bucky Pizzarelli) folgten um 20 Uhr Albert Mangelsdorff & Wolfgang Dauner – yeah! Ich glaube, bei diesem Festival wurde ich Avantgarde-affiner, weil die lebendigen Kontraste zum damals retro- oder fusionlastigen Mainstream klar präsentiert wurden. Und dann war da noch Gabor Szabo, eine Erscheinung, da er mittellanghaarig mit einer Western-Gitarre mit Pickup auf der Bühne stand und ganz wunderbare Sachen spielte. Ich war absolut fasziniert. Seinen Namen kannte ich nur aus dem Credits von einem Santana-Album, denn er war der Komponist des Tracks ‚Gypsy Queen', den Carlos als Teil seines Arrangements von Peter Greens ‚Black Magic Woman' verwendet hatte. Ein beeindruckender Musiker.

Um 24 Uhr dann ein weiteres Highlight: Das Dizzy Gillespie Quartett mit Gitarrist Ed Cherry war eine Offenbarung. Hatten wir schon jemals einen so cool boppenden Gitarristen gehört? Never! Und der legendäre Bandleader mit den Luftballonbacken war unglaublich. Ein purer Adrenalin-Shot kam da von der Bühne, durchströmte deinen Körper und erzeugte diese wunderbare, warme Nervosität und Spannung. Ungläubiges Staunen und dieser Drang, noch tiefer eintauchen wollen – so wie beim ersten Blick in den Grand Canyon, wenn man sich doch nicht mehr so ganz sicher ist, nicht fliegen zu können.

Den Abend beschloss Chuck Berry mit einem Rundgang durch sein Rock & Roll Museum.

Zweiter Festival-Tag, 17. Juli 1979: John Coltrane war nur zwölf Jahre vorher verstorben, so ungefähr zu meiner Einschulung, was zwei Drittel meines Lebens her war.

Nach dem mir nichtssagenden Opener Spyro Gyra knallte es um 17 Uhr gewaltig: Das japanische Yosuke Yamashita Trio kochte ohne Ende, es folgte der fantastische Trompeter Woody Shaw mit seinem Quintett, und dann (vorgezogen vom Top Act Slot

24 Uhr) stand um 19 Uhr das aus fünf Musikern bestehende Dave Brubeck Quartet auf der Bühne, das sehr modern loslegte, und dessen Bedeutung und musikalische Intelligenz ich erst in den letzten Monaten, also Jahrzehnte später, verstanden habe. Brubeck war ein unglaublicher Pianist und sehr offener Künstler – spätestens zu entdecken auf ‚Two Generations Of Brubeck' (1973), wo er mit drei seiner Söhne zu hören ist.

Round Midnight: Die große & großartige B.B. King Blues Band kam auf die Bühne, und der Meister bekam nach zwei gescheiterten Versuchen mit krachenden Music-Man-Amps einen Fender Twin auf die Bühne geschoben, der zwar nicht so fett drückte, aber funktionierte. Eine unterhaltsame, amerikanische Blues-Show.

Nach 01 Uhr nachts dann das Highlight und die große Belohnung für kleine Jungs, die eigentlich als Rock- und Blues-Fans auf einem Jazz-Festival gelandet waren: Johnny Winter & Muddy Waters Blues Band!

∞ 18.-19.07. 1979 Montreux Jazz Festival, mit Rory Gallagher, Albert Collins & The Icebreakers; Jasper van't Hof, Spyro Gyra, Rick Wakeman, Steve Howe.

Ein Freund von uns war nicht nach München getrampt, denn er hatte einen VW-Käfer, in dem er auch schlief. Das sah man ihm allerdings nicht an, denn er wirkte immer sehr akkurat. Ein Nerd zwar – wobei das Wort „Nerd" damals vermutlich noch nicht erfunden, bzw. für den deutschsprachigen Raum lizensiert war; das germanische „Sonderling" passte eh besser, hatte aber immer den Beigeschmack, die so benannte Person würde kurz vor der Deportation stehen. Ein Nerd also, immer mit Schiesser-Feinripp-Unterhemd unter dem Pullunder oder Pulli mit V-Ausschnitt. Ein guter Gitarrist, ein besserer Naturwissenschaftler und ein Blues-Rock-Fan. Wir hatten vorher abgesprochen, von München gemeinsam weiter nach Montreux zu reisen, zu diesem anderen, wirklich legendären Jazz-Festival. Wir fuhren am Vormittag des 18. Juli los und landeten auf Irr- und Umwegen wirklich erst spät abends im Casino – und vor uns stand Rory Gallagher auf der Bühne, eine andere Rockpalast-Ikone, aus der allerersten TV-Nacht, die 1977 aus der Essener Grugahalle übertragen worden war. Ein extremes Erlebnis, dass die folgenden Acts irgendwie überstrahlte. An die Show von Albert Collins & The Icebreakers kann ich mich dunkel erinnern. Auch an Jasper van't Hof (kb), aber dass zu seiner Band Alphonse Mouzon (dr), Bob Malik (ts/ss) und Miroslav Vitous (b) gehörten, hatte ich vergessen. Was habe ich noch alles vergessen? Oder habe ich es an diesem Abend vielleicht gar nicht intensiv erlebt, nicht wirklich wahrgenommen? Zu glattgebügelt für mich waren auch hier Spyro Gyra – aber eigentlich passten sie perfekt zum aufkommenden Minipli-Schulterpolster- und Karottenhosen-Look der Zeit. Heile-Welt-O.S.T. Die ehemaligen Yes-Musiker Rick Wakeman und Steve Howe spielten jeweils mit eigenen Bands und jammten gegen Ende des Abends noch kurz zusammen.

Ich entdeckte im Casino noch eine weitere Bühne: Die der Junkies und/oder Wochenend-Fixer, mehr der letzteren, wie ich vermutete, da es sehr ums gesehen werden zu gehen schien. Da saßen Leute, die teuere Tickets bezahlt hatten, auf den Stufen vor der Bühne, machten sich während des laufenden Konzerts einen Druck, und auf der Toilette war an Kabinenbenutzung und Händewaschen nicht zu denken. Überall große oder halb-8-Augen, kleine und keine Pupillen, Spritzen, Alufolie und Plastik ... Montreux schien damals im Heroin zu schwimmen. Interessant für mich war auch, wie „normal" diese exhibitionistischen User rüberkamen, eigentlich kein bisschen ungewaschen, abgerockt, weggeschossen, psycho, wie unsere Kleinstadtmorphinisten. scHweiz eben, dachte ich. Irgendwie widerhakten sich diese Erlebnisse in mein Hirn und mein weiteres Leben ein …

Festivals zu besuchen, insbesondere alleine unterwegs zu sein, war Abenteuer, Genuss, Erlebnis, Ausbildung und wurde zum Grund Platten zu kaufen, mehr über die gesehenen Acts zu erfahren und noch mehr Festivals zu besuchen. Es war mitreißend, es war mehrdimensionales Musikhören und ein multimediales Erlebnis. Wer sich noch erinnert, wie es war als mp3-Hörer YouTube zu entdecken, kennt diese Empfindung in homöopathischer Form. Ich dosierte hoch und es hatte keine Nebenwirkungen – und ich glaube, das ist der wichtigste Unterschied zu anderen Drogen: Musikgenuss ist immer auch mit Kommunikation, der Mitteilung von Begeisterung, dem weiteren Verfolgen eines Erlebnisses, einer Idee verbunden. Dieser Genuss ist nie zwanghaft, er ist ein Weg.

∞ 12.08.1979 Loreley Open Air, mit einem großartigen Finale von Udo Lindenberg und Peter Herbolzheimers Horn-Section. Davor Snowball, Wallenstein und die mit ihrer neuen Band nicht mehr funkelnde Nina Hagen.

∞ 18.08.1979 Saarbrücken Open Air mit Queen, The Commodores, Rory Gallagher, Alvin Lee & Ten Years Later, Molly Hatchet, Lake, Voyager, Red Baron. Was für eine Mischung – mit der großen Überraschung am Schluss: Eigentlich hatten Queen mich immer genervt, weil jeder Fan war und überall ihre überdrehten Hits liefen. Dann sah ich Freddie Mercury über einen Steg in die Mitte des Stadions laufen, wo er sich an einen Flügel setzte und spielte. Und sang. Ich war selten so gänsehautberührtinlovegekickt. Danach war ich Freddie-&-Queen-Fan. Am 24.11.1991 kam ich nachts von Interview-Terminen mit den wunderbaren Baby Animals und Keith Scott, dem Gitarristen der Bryan Adams Band. Ich wartete auf meine U-Bahn und kaufte mir den Express vom nächsten Tag. Freddie war gestorben. Ich fühle diese Erinnerung bis heute, ich sehe den Sitzplatz, auf dem ich die Zeitungsmeldung las, immer im Vorbeifahren. Wenn ich an dieser Station aussteige oder warten muss, gehe ich nie zu diesem Sitzplatz. Wie kann so ein Erinnerungsgefühl über dreißig Jahre lang derart intensiv bleiben?

Mit der Masse an Konzerten und Festival-Performances, die ich erlebte und die mich wirklich begeisterten, speicherte ich irgendwann anscheinend anders ab, denn viele Erinnerungen haben die Bilder verloren, teilweise auch sich selbst. Einige der alten Programmhefte, die ich nach langer Zeit noch mal durchblätterte, waren gespickt mit Überraschungen, mit Acts, die ich vergessen hatte, aber vor allem mit sehr vielen Musikern, die mir damals wenig sagten, die ich viel später erst entdeckte, oder die mich bis heute nicht wirklich berührt haben

∞ 10.-12.07.1980 Münchner Jazz-Fest '80, Olympiahalle mit Brecker Brothers, Gato Barbieri, Maynard Ferguson, Dizzy Gillespie Quartet, Fats Domino, Adderley Brotherhood, Freddie Hubbard Quintet, Albert Mangelsdorff Duo, Dave Brubeck Quartet, Don Cherry, B.B. King Blues Band, Stanley Clarke Group, Dollar Brand, Tania Maria & Niels Henning Orsted Pedersen, Stan Getz, Betty Carter, John McLaughlin & Christian Escoudé, Passport, Didier Lockwood, Leo Smith/Peter Kowald/Günther Sommer, Mal Waldron u.a. Meine Highlights waren das Don Pullen / George Adams Quartet mit Pharoah Sanders als Gast, und das Archie Shepp Quartet – denn ich war mittlerweile Hardcore-John-Coltrane-Fan, und spürte hier so einen Hauch aus den mittleren 60ern, als die Musik kochte.

∞ 24.08.1980 3rd Golden Summernight Concert, Loreley. Molly Hatchet, Wishbone Ash, Pat Travers, Saxon, Ian Gillan. Es war old-school langweilig, Molly Hatchet waren wie immer zu laut und Ted Nugent brillierte in seiner Rolle als lächerlichste Südstaaten-Macho-Figur der Hardrock-Historie. Er war schon damals ein faschistoider Unsympath, der sehr gut Gitarre spielen konnte.

∞ 06.06.1981 Lieder unter freiem Himmel: Peter Tosh, Wolfgang Ambros, Ludwig Hirsch, Alan Stivell, Arlo Guthrie, Biréli Lagrène u.a. Ich war verliebt und Selina stand auf Liedermacher. Ich war so verliebt, dass ich Peter Tosh verpasste.

∞ 20./21.06.1981 4. Festival für zeitgenössische Musik Neuwied. Rena Rama, Bobo Stenson/Palle Danielsson Quartett, Toto Blanke/Rudolf Dašek, Pierre Favre/Fredy Studer, Eberhard Weber & Bill Frisell, Rainer Brüninghaus/M. Stockhausen/Jon Christensen, Pirchner/Pepl Jazzzwio und der Miroslav Vitous Group ... Pianist Joachim Kühn kam mit langem Ledermantel, dunkler Brille und einem Bodyguard-Darsteller in die Halle, und zog schon in der Show vor der Show alle Blicke auf sich. Sein Auftritt war großartig. Und dann, endlich: Ich sah die Terje Rypdal Group, die mein Leben schon seit mindestens fünf Jahren mit einem bleibenden Soundtrack beschenkt hatte. Es war leider ein Drama mit einem stockbesoffenen Gitarristen, der neben seine vor ihm liegenden Effektpedale trat, und einer deswegen traurigen Band, die nicht ans Rollen kam.

∞ 17.10.1981 2. Leverkusener Jazztage, Forum Leverkusen. Mein absolutes Highlight war die deutsche Band Changes, die an diesem Abend mit meinem Lieblingsgitarristen John Scofield auftrat. Jim Halls Musik entdeckte ich leider erst später, und so nahm ich nur einen alten Herrn wahr, der alleine mit seiner dicken Jazz-Gitarre auf der großen Bühne saß und warme Akkorde in den Raum schickte. Es folgten Charlie Mariano, Alphonse Mouzon, Stu Goldberg, Andreas Vollenweider, Billy Cobham, Didier Lockwood ...

∞ 07./08.11.1981 Freiburger Jazztage, mit Barney Kessel/Charlie Bird/Herb Ellis, Art Blakey & The Jazz Messengers, Sagmeister Trio, Billy Cobham Quartet, Andreas Vollenweider, Gary Burton Quartet, McCoy Tyner Quintett, Gunter Hampel and his Galaxie Dream Band, Cecil Taylor Unit, Pirchner/Pepl Jazzzwio ...

So viele gigantische Namen, und ich kann mich nicht mehr an die Auftritte von McCoy Tyner und Cecil Taylor erinnern? Als hätte jemand die Fernbedienung genommen und umgeschaltet ... ∞

16 ∞ RED CROSS

Ich hatte den Führerschein und machte Zivildienst, einen Büro-Job beim Rettungsdienst, wo man mich als langhaarigen Exoten, Sohn eines Sonntags in die Kirche gehenden Beamten ohne Auffälligkeiten, beobachtend duldete. Es war OK, mein Chef war fair, ich musste nicht in die Zivi-Unterkunft ziehen, weil meine Eltern um die Ecke wohnten, und ich konnte sogar Mittags bei ihnen essen. „Heimschläfer-Status" hieß das, und zu dem gab es auch mehr Hungerlohn vom Staat.

Meine Aufgabe war es, endlose Mitgliederlisten durchzugehen, ausgedruckt auf grün-weiß-gestreiftem Computer-Papier. Ich freute mich über jeden bekannten Namen, und das waren einige, denn unsere abgelegene Insel, tief im Westen, war überschaubar.

Berufliche Highlights waren das Sortieren alter Medikamente für den Einsatz im bedürftigen Rest der Welt, zu dem ich mich gelegentlich auch selbst zählte, und dann vor allem die Kleidersammlungen: Sie fanden zweimal im Jahr statt, und meine Aufgabe war es, alle Ortsbürgermeister im Kreisgebiet anzufahren und ihnen Plastiksäcke und Handzettel zuzustellen. Mein Dienstfahrzeug war ein beiger VW 1600 TL mit Fließheck, der schon bessere Zeiten gesehen hatte – ich hatte auch schon diskretere Getriebe und Gangschaltungen gehört.

An solchen Kleidersammlungs-Feiertagen lud ich den Innenraum des Autos voll bis unters Dach, legte meine Tasche mit Stullen und H-Kakao sowie die abzuarbeitende Liste auf den Nebensitz und fuhr los. Hinter mir auf dem Hof standen drei Kollegen mit kritischem Blick, denn sie wussten bis dahin noch nicht, dass Langhaarige auch Auto fahren können. Keine Frage, dass ich den Motor noch direkt an der Ausfahrt abwürgte, weil ich den dritten Gang eingelegt hatte. Es waren auch für andere anderthalb Jahre des Kopfschüttelns denke ich mal – aber ich bekam es meistens nicht mit.

Schön war es immer, in die etwas abgelegenen Dörfer einzureiten, wenn ich sah, wie Menschen beim Straßenkehren, bei der Garten- oder Feldarbeit oder auf dem Rückweg vom Bauern, mit der Milchkanne in der Hand innehielten und mich und mein blondes Pferd mit den großen roten Kreuzen auf der Satteldecke aus der Distanz beobachteten. Leider hatte ich keinen Gitarre spielenden Blues-Veteranen auf der Rückbank – der Soundtrack hätte gepasst.

Ich fuhr dann langsam durchs Dorf, suchte Straßenschilder oder Menschen die ich ansprechen konnte und hielt dann irgendwann vor dem Domizil des nebenberuflichen Ortsvorstehers, der nie zu Hause war. Entweder traf ich auf Ehefrauen oder Mütter, oder legte die gefalteten Plastiksäcke in der vorher festgelegten Stückzahl mit den Handzetteln einfach vor der Haustür ab. Immer den

Stapel Handzettel zwischen die Plastiksäcke, falls es regnen sollte. Ich traf merkwürdigerweise auch nie auf Bürgermeisterväter, nie auf Kinder. Im einsamsten Dorf der Südeifel war ein Gasthaus geöffnet, und ich bekam hier auf meiner ersten Tour, nach nervösen anderthalb Stunden im noch unbekannten Aufgabengebiet, die schlechteste Tasse Kaffee meines bisherigen Lebens eingeschenkt: temperiert wie das Warmwasser-Aquarium meines Bruders und der Unterteller verkleckert wie eine öffentliche Toilette.

Danach war alles cool. Ich hatte das Bürgermeisterhaus gefunden, mein Magen wieder zur inneren Ruhe, und ich kramte drei Musikkassetten aus meiner Tasche. Der Volkswagen hatte ein Radio mit Cassetten-Abspieler an Bord – ein Modell der Art „Blaupunkt Essen" oder „Becker Mexico Cassette Vollstereo" – das über irgendwo tief im Chassis versteckte Lautsprecher einen extrem warmen Dub-by-Nature-Sound absonderte. Ich fuhr los und hörte ‚Crosstown Traffic'. Und musste grinsen, denn von Town und Traffic konnte hier nicht die Rede sein. Ich war auf dem Kreuzzug für textile Nachhaltigkeit, die aber damals noch keinen Namen hatte. Ich hörte „Dadad dadad dadad dadad Dadad dadad dadad dadad Dadat Da Duuuhduuh, Duuhduhn-Duuuduuu" – und dann „Crosstown Traffic! All you do is slow me down", rappte Jimi Hendrix. „And I'm trying to get on the other side of town."[6]

Den Moment habe ich nie vergessen. Es war nicht nur, dass ich dachte, „Ich muss hier weg". Ich wusste in dem Moment, dass ich es kann. ∞

17 ∞ DITTMAR

Mein Bruder war nach Wiesbaden gezogen, um neben seinem Drogenkonsum auch noch eine Fachschule für Pharmazeutik zu stemmen. Wenn ich ihn dort besuchte oder in Frankfurt abhing, standen immer auch Plattenläden auf dem Programm. Ich lernte seinen Freund Dittmar kennen, der eigentlich Dietmar hieß und dessen Vorname Opfer des Hessischen Mundfunks geworden war. „Der Dittmar" habe alles von Hendrix, erzählte mein Bruder. Er habe wirklich alles, also nicht nur die regulären LPs und Singles, sondern auch alle irgendwie zu kriegenden Bootlegs, auf Vinyl oder als Tape. Er habe außerdem seine Sammlung dokumentiert, mit Tonträger-Listen, die genau Angaben zur Entstehung der Aufnahmen und einzelnen Tracks enthielt.

Nachdem ich ihn getroffen hatte, war klar: Dittmar war nicht nur Sammler, er war Sampler. Man konnte ihm zehn Sekunden oder weniger eines Live-Gitarrensolos vorspielen, und er erkannte die Aufnahme: „,Hear My Train A Comin", Atlanta Pop Festival, das war am 04. Juli 1970", diagnostizierte er mit hessischem Timbre, bei dem ich immer an die Ansage von Ten Years After auf dem Album ‚Recorded Live' denken musste.

Ich war begeistert von Dittmar, weniger wegen seines Rock-enzyklopädischen Wissens, sondern weil es bei ihm mit Genuss zu tun hatte. Er war kein Klugscheißer, er verstand nur, warum er die Musik so liebte – und er wollte alles, weil ihn jede Faser des Hendrix-Werks interessierte. Die sieben Alben (inklusive ‚Woodstock' und ‚Smash Hits') und die dreizehn posthumen LPs, die bis 1979/80, als wir uns kennenlernten, offiziell veröffentlicht waren, waren ja überschaubar, und Video-Aufnahmen gab es kaum. Aber eben Live-Bootlegs in extrem unterschiedlicher Qualität, von der Publikums-Aufnahme mit mobilem Tonbandgerät bis zu vom Mischpult abgezweigter Mitschnitte, die meistens etwas steril klangen, aber jedes Detail des Gitarrenspiels erkennen ließen. Studio- oder Proberaum-Recordings waren selten. Neben den raren inoffiziell erschienenen Vinyl-Bootlegs – das legendäre Illegalabel „Swingin' Pig Records" war ja erst ab 1980 am Start und brachte seine nicht autorisierten Mitschnitte, brav GEMA-Abgaben zahlend, zeitweise in den regulären Handel – waren das in erster Linie Tonbänder und Musikkassetten, die von den Hendrix-Sammlern kopiert und untereinander getauscht oder auch verkauft wurden. Dittmar hatte damals angeblich 80 Stunden unveröffentlichte Hendrix-Aufnahmen, was eine unglaubliche Menge Musik und ein Planet für sich war: Sich da hinein zu bewegen, das war ein Trip, einzigartig.

Ich war damals aber eigentlich noch mehr begeistert von Dittmars wirklich systematisch-wissenschaftlichem Ansatz, der mit dem Ziel der Genussmaximierung voll Respekt und Coolness war.

Er war der erste Hendrix-Fan, den ich mit dem Mann auf meinem Poster auf Augenhöhe sah, denn er zog sein Ding durch und hatte auch auf seine Art etwas geschaffen: als Jäger, Sammler, Sortierer, Analytiker und irgendwie auch inspirierender Vermittler von Begeisterung. Außerdem hatte er etwas, das ihn antrieb. Das beste Mittel gegen Sucht, Sammlerwahn, Spezialisten-Autismus und Isolation ist die Vermittlung von Begeisterung. Erst mal haben. Immer mehr Menschen um mich herum, suchten nur noch nach dem Abschuss. ∞

18 ∞ SUCHEN

Es wurden immer mehr Konzerte, für die ich auch nachts alleine durch die Gegend trampte, wenn niemand mit Auto mitkommen wollte. Alleine und als jüngster Besucher, nur mit ein paar Zunick-Bekannten, Donnerstagabends in einem Großstadt-Jazz-Club zu sitzen war schon so ein Erlebnis. Dazu kam die Musik und die Leichtigkeit, dorthin zu fahren und mitten in der Nacht wieder irgendwie zurückzuschweben. Dann musste ich erst mal zehn Minuten zu Fuß über die alte Brücke laufen, um dort entweder stehenzubleiben und auf ein Auto zu warten, oder einfach loszugehen. Um die nächste Kurve herum, dann schnell weiter, denn dort, im Berg, hielt niemand an. Noch dreihundert Meter weiter, in einer relativ flachen, langgezogenen Linkskurve, war der Straßenstrich, meistens nur mit zwei oder drei Freiberuflerinnen besetzt. Hier fuhren die Autos langsamer, weil die Fahrer nur mal gucken wollten. Bevor sie wieder Gas gaben, war es das perfekte Langsamfahrer-Alibi, bei mir anzuhalten und mich dann ein paar Kilometer mitzunehmen. Manche ließen mich aber dann wirklich in der nächsten Siedlung, Abfahrt oder an einer Bushaltestelle raus, weil sie „was vergessen hatten und noch mal zurück"

mussten. Die Erlebnisse im Jazz Club waren in diesen zwei, drei Jahren, in denen ich immer wieder dort war, wesentlich unverkrampfter. Ich hörte das Reinhard Glöder Quartett, Brummkreisel, Toto Blanke's Electric Circus, das SOH-Trio mir Alan Skidmore, Ali Haurand & Tony Oxley, das Swiss Jazz Quintet Dope, Gunter Hampel & His Galaxie Dream Band, das Joe Haider Sextett mit Drummer Joe Nay, Brainstream mit dem großartigen Gitarristen Heiner Franz, die Imre Köszegi Group, das Roland Bänkel Trio mit Bassist Mario Castronari, das Christoph Spendel Quartett, Third Eye mit Alan Skidmore, Rob van den Broeck, Ali Haurand & Drummer Frank Köllges, die Band Changes mit Wolfgang Engstfeld & Uli Beckerhoff, Riot mit Markus Stockhausen, Hugo Read & Andi Lumpp, das Pony Poindexter Quartet, Just Friends mit Saxophonist Allan Praskin, noch mal das Reinhard Glöder Quartett und das European Jazz Quintet mit Alan Skidmore, Ali Haurand, Gerd Dudek, Leszek Zadlo und Pierre Courbois. Ich liebte diese Location, denn nichts lenkte ab. Da war nur die Musik. Das am stärksten berührende Erlebnis war das Konzert am 18. Oktober 1979 mit Gunter Hampel & His Galaxie Dream Band und der Sängerin Jeanne Lee. Sie und Hampel waren ein Paar, und Jeanne hatte beim zweiten Set plötzlich ein Baby im Arm. Als es während des Songs zu schreien begann, hielt die Mutter das Kind, ihre Tochter Cavan, von einem Tuch verdeckt, an ihre Brust und sang in Ruhe weiter. Das war ein so berührender, echter, lebensnaher, warmer Moment, begleitet von Hampels kantig pulsierendem Free Jazz. Musik war Leben, und hier wurde dann organisch, lebendig, klar, warum. Zur Band gehörten noch Klarinettist Perry Robinson, Drummer Martin Bues, Gunter Hampel selbst spielte Bass-Klarinette, Bariton-Saxophon, Flöte und Vibraphon. Ich schrieb damals „S.F." ins Programmheft: Science Fiction. Für mich war diese Performance gleichermaßen aus dem Leben wie außerirdisch.

Ganz anders skurril war ein Jazz-Konzert, das aus ungeklärten Gründen in der sehr rustikalen Land-Diskothek „Backstuw" stattfand. Dort spielten irgendwann 1980 die beiden Jazz-Legenden Jimmy Raney & Attila Zoller im Duo zusammen. Ich weiß nicht, wann, wie, von wem ich das erfahren hatte, jedenfalls fuhren wir mit ein paar Freunden die 40 Kilometer dort hin. Und verstanden die Welt nicht mehr, als wir die Location betraten, deren Personal offensichtlich auch dieselbe gar nicht mehr verstand, weil hippieske, Cola-trinkende Jugendliche dort sonst nie gesehen und bei einem Jazz-Konzert auch nicht erwartet wurden. Für die beiden Musiker, die in der selben Woche auch noch beim Frankfurter Jazz-Festival und in Berlin aufgetreten waren, war die Exotik wohl ähnlich. Und als dann, in der Pause nach dem ersten Set, eine offensichtlich österreichische Frau Platten auflegte und in die Musik hinein die „wunderbor'n Jääääzz-Musiker, Tschimmie Reehnieh und Atttillla Tzollller mit ihren wieselflinken Fingern auf der Gitarr'n" kommentierte, mit breitem Wiener Akzent, rastete Attila Zoller komplett aus, fuchtelte mit den Armen in der Luft rum und schrie in seinem eigenen österreichisch-ungarisch-deutsch-amerikanischen Idiom etwas von „verrückt geworden" und „sofort aufhören". Dieser Jazz-Abend war weder cool noch free, dafür war diese Komposition der Gegebenheiten wirklich zu weird. Aber es gab unglaubliche Momente, in denen nur Musik da war – und danach die drei Duo-Platten der beiden Gitarristen ‚Jim And I' (1980), ‚Live In Frankfurt' (1981) und ‚Live At Quasimodo' (1986), die für immer blieben.

Ich reiste weiter durch die Jazz-&-More-Welt, fuhr zum Festival nach Burghausen, wo ich an einem Gitarren-Workshop bei Stephan Diez teilnahm, sah sicher zehnmal das Sagmeister Trio, Birth Control, das Mel Lewis Orchestra, die Stanley Clarke Band, Aera, Helen Schneider, Anne Haigis, die Frankfurt City Blues Band, Kolbe & Illenberger, BAP, die Zeltinger Band, Grobschnitt, Volker Kriegel & Mild Maniac, Toto Blanke & Electric Circus im Melusina in Luxembourg, Nina Hagen in der Offenbacher Stadthalle, Konstantin Wecker im Elzer Hof in Mainz, das Dizzy Gillespie Septet feat. Milt Jackson & James Moody, Charlie Haden irgendwo, dann

Dewey Redman, Mike Brecker, Jack DeJohnette & Pat Metheny in Saarbrücken, Ella Fitzgerald in der Jahrhunderthalle Hoechst, den faszinierend wahnsinnigen James Blood Ulmer im Sinkkasten Frankfurt, Terje Rypdal & Palle Mikkelborg beim DLF und Marilyn Crispell, John Bedge, Billy Bang & Peter Kowald in einem Sendesaal am Rhein.

Die Erlebnisse mit Musik explodierten ab Herbst 1982, als ich in einer wirklichen Großstadt landete, wo es Stadion-Konzerte, Jazz-Clubs, Salsa-Festivals, Punk-Keller, Klassik & Avantgarde bei Radiosendern und in den Hochschulen gab. Musik war immer da und Abende ohne Live-Sound die absolute Ausnahme. Dann hörte ich zu Hause Platten, spielte jetzt auch Bass, redete mit Menschen und war glücklich. Es war eine Balance da, ich entschied mit wenig Geld über mein Leben, niemand und nichts diktierte. Der spätere Komplettierungswahn, möglichst alle LPs einer Künstlerin oder eine Künstlers zu besitzen um sie mal gehört zu haben, war kein Thema. Außerdem wusste man weniger. Das „Rock-Lexikon" von Siegfried Schmidt-Joos und Barry Graves listete in seiner 1973er-Ausgabe je fünf Alben von The Allman Brothers Band und Black Sabbath und nur wenige mehr von Ten Years After. Das Lexikon begann mit „Ackles, David" und endete nicht mit ZZ Top, sondern The Zombies. Ich liebe dieses essentielle Buch bis heute. Wie „Das Jazzbuch. Von Rag bis Rock" (1973), von Joachim Ernst Berendt, das ich mit 15 oder 16 bekam, und das erste Bilder zum Thema lieferte. Ein unglaublich exakt beschreibendes Werk für den Einstieg in diese neue Musik. Ich lernte von keinem anderen Autoren so viel über Musik und Musikempfindung und erkannte nach dem Lesen Charlie Parker, Coleman Hawkins und Miles Davis in den nächtlichen Radio-Features, bevor ihre Namen genannt wurden. Dann „Jazz Aktuell" vom „Verlag B. Schott's Söhne Mainz", der anstelle eines Autoren oder Herausgebers auf dem Buchtitel vermerkt war. Ein fast quadratischer Paperback-Band von knapp 300 Seiten, mit hunderten Fotos. Diese Dokumentation mit Aufsätzen bekannter Musikwissenschaftler,

Musiker und Journalisten, mit Platten-, Film-, Buch-, Radio- und TV-Tipps, plus Adressen von Clubs, Festivals, Ausbildungsstätten etc. entdeckte ich noch in der Bibliothek des Gymnasiums, das ich besuchte. Ich war auf einem neuen Planeten unterwegs, und es war denkbar einfach, sich dort weiter zu bewegen, denn auch „Das Jazzbuch" nannte zum Beispiel in seiner Discografie nur fünf Alben von John Coltrane. Ich entdeckte später in den Großstadtplattenläden aber noch mindestens 30 weitere. Kaufte, hörte, inhalierte die wenigen neuen Bücher über Jazz, die in Deutschland erschienen, bewegte mich zwischen an mir vorbeiziehenden großen Leinwänden mit ruckelnden Schwarzweiß-Filmen und warmem, pulsierendem, swingend-ausbrechendem Sound, mit Musik die mich absolut angstfrei immer weiter ins Unbekannte zog. Platten, Bücher, Bilder und Konzerterlebnisse waren eine kurze Zeitlang fast eins. Mein Film.

Dann schlug es doch noch zu: das nicht nur unter Musik-Nerds bekannte Phänomen des Komplettismus, der, angetrieben von Fanzine-Discografien, später von 724 Scrolls langen Listen auf Fan-Seiten, in Enzyklopädien oder Shop-Katalogen, eigentlich nie endete, weil man schlimmstenfalls noch jahrelang zwei irgendwo gelisteten, kaum bekannten Veröffentlichungen hinterherjagte, die überhaupt nicht existierten.

Irgendwann bemerkte ich immer größere Stapel an LPs und vor allem CDs, die auch nach Wochen und Monaten noch eingeschweißt und eingestaubt vor meinem Player Mauern bauten, bis ich sie dann einsortierte. Eingestaubt und eingeschweißt. Ich hatte dann Chet Baker irgendwann komplett – was natürlich nicht stimmte. Ich hatte sogar von manchen dubiosen italienischen Mitschnitten, die der legendäre Trompeter und Sänger gegen ein paar Gramm Heroin ermöglichte, noch nie etwas gehört oder gesehen, dafür aber andere Aufnahmen schon doppelt gekauft. Art Pepper war überschaubarer, John Scofield erst recht, bis dann Informationen über Guest-Spots durchsickerten, und die ständig wachsenden Sideman-Arme der Idol-Themen verfolgt werden mussten. Ich konsumierte immer mehr Ware und immer weniger Musik. Ich hörte immer häufiger wieder die alten Original-Alben, über die ich das jeweilige Thema entdeckt hatte und ließ mich gelegentlich bis regelmäßig von neuerworbenen xyz-as-sideman-Releases enttäuschen, verpasste dann auch schon mal reguläre Neuveröffentlichungen, weil ich noch fünf wichtige Live-Mitschnitte mit, von, aus, vom, die genial sein sollten – ich wusste oft selbst nicht mehr, wie sie auf die Liste kamen – suchen und finden musste,

Die früher extrem inspirierenden Konzerte in Musikhochschulen, Studio-Produktionen bei Radiosendern oder irgendwelche Kunst-Performances besuchte ich immer seltener. Fast nur noch größere Veranstaltungen, selten mal Geheimtipps in kleinen Clubs. Und da ging ich dann meistens alleine hin, denn es wollte einfach niemand mit. Ich traf auch immer weniger Menschen, die ich kannte bei Konzerten. Nach und nach war klar, dass Kinder, Karriere, Koks und Koma relativ häufig Gründe dafür waren. Kunstgenuss et cetera fand immer häufiger zu Hause statt. Allein.

Ich hasste Spieleabende und Biergärten. ∞

19 ∞ WAITING

Zurück ins Jahr 1974: Ich stehe vor einer Wühlkiste in der Plattenabteilung von Karstadt. Solche Kaufhausketten vermied ich eigentlich bei meinen Besuchen in Karl-Marx-Stadt an der Mosel. Doch ich wartete an jenem Nachmittag auf meine Mitfahrgelegenheit, klinkte mich aus, sah diesen Plattenladen und schaltete alles um mich herum ab. Und in dieser Kiste mit reduziertem Material entdeckte ich an dem Nachmittag ‚St. Dominic's Preview' von Van Morrison und ‚Franz Schöler präsentiert: Die Velvet Underground Story', wo im Kleingedruckten ebenfalls der Nachname Morrison zu lesen war – von Gitarrist/Bassist Sterling Morrison. Ich weiß nicht, ob ich damals etwas von Lou Reed wusste, dessen Name ebenfalls in den Credits zu lesen war – ‚Walk On The Wild Side' war ja ein Mega-Hit 1973, wie kurz zuvor ‚Riders On The Storm' von Jim Morrison und The Doors – diesen Song kannte ich aus dem Radio. Ich kannte jedenfalls weder Van noch Sterling noch Velvet Underground, und während mich ‚St. Dominic's Preview' so wie später noch ‚Moondance' und ‚Astral Weeks' zu einem großen Fan des ganz anderen Soul des George Ivan Morrison machte, wurde das grüne Franz-Schöler-Album mein

Soundtrack. Der auf dem Front-Cover abgebildete, nach Realschullehrer (Deutsch und Erdkunde) aussehende Herr Schöler ließ mich an der Wühlkiste kaum vermuten, was da auf mich zukam. Diese Compilation aus den ersten drei V.U.-Alben – dem legendären Bananen-Cover-Album ‚The Velvet Underground & Nico' (1967), dem großartig rockenden ‚White Light/White Heat' (1968) und dem dunkelblauen, ruhigeren ‚The Velvet Underground' (1969) – ist bis heute umwerfend, und ihre perfekte Dramaturgie hat sich bei mir eingebrannt.

"It's my wife and it's my life ..."[7]
The Velvet Underground

‚I'm Waiting For The Man' (4:37) war eine Offenbarung: Es war einfach nur pure Energie, und die spürte man. Die Lead-Fills waren klasse und Lou Reeds böse verführerische Stimme einfach einzigartig. Das Wenige, was ich von seinen Lyrics verstand, war so weit weg von meiner Welt. Trotzdem nah. Als Jahre später der Punk kam, hatte ich anfangs nur ein müdes Grinsen dafür übrig. Ich hatte eben schon Velvet Underground gehört.

‚Run Run Run' (4:18) war die Fortsetzung von ‚I'm Waiting For The Man' – auf Turkey plus Speed plus auf der Flucht vor sich selbst. Und dann dieses Gitarrensolo: Es war eigentlich unvorstellbar so zu spielen, das machte niemand. Das war ‚Helter Skelter'-angeberfreie Zone, und die war eigentlich für dieses Instrument nicht vorgesehen. Und dann dieser straighte Groove – einfach immer nur durch. Was wohl nach dem Fade-out im Studio passierte?

‚Heroin' (7:05) war mir nur ein Begriff wegen der Herointoten. Wir hatten auch Herointote in unserer kleinen Stadt, auch Selbstmörderinnen, die angeblich wegen ihrer Sucht mit Heroin in den Tod gingen. Oder auf LSD von Hausdächern fliegen wollten. Die lebenden Herointoten saßen im Park vor dem ersten Supermarkt der Kleinstadt. Sie sahen aus wie aus der Pop, als würden sie bei

Jane mitspielen. Ich hörte den Song und wusste schnell, dass alles Lüge war, was Lou Reed da sang. Heroin war wie die Viola von John Cale, und Sterling Morrisons Rhythmusgitarre spielte den Kick im Kopf. „It's my wife and it's my life ..." Und dann macht dein Leben dir Stress – wieder die Viola von John Cale. Der ehrlichste Song den ich kenne über diese Sehnsucht nach etwas, das dich permanent enttäuscht.

Pop-Song-Time: ‚There She Goes Again' (2:30) habe ich später mit meiner Band nachgespielt, und unser Sänger hatte den Text komplett falsch verstanden und machte kryptische, grenzwertige Ansagen zum Thema, wann Frauen was verdient hätten. Ich verglühte bekanntschämend und wäre einmal fast von der Bühne nach Hause gegangen. Aber ein cooler Song.

‚European Son' (7:40) ist ein Track, aufgenommen 1966, der eigentlich die Kategorien Avantgarde, Alternative, Noise Rock, Punk und Protestlied vorab ad absurdum führte. Das war ‚Star Spangled Banner'@Woodstock mit anderen Mitteln. Das war Sonny Sharrock & James Blood Ulmer in Rock, John McLaughlin in Punk-Chords und die Mutter der Street-Credibility auf pulververseuchtem, vermintem Meat-District-Apocalypse-Terrain. James Blood Ulmer hat diese Energie zehn Jahre später aufgegriffen und wieder auf die Bühnen der Rock-Clubs und Jazz-Festivals gebracht. NoWave!

‚White Light/White Heat' (2:44) klang für mich, wie ein punkiger Drogen-Trip – in der N.Y.V.U.-Version. Again: Was für eine Rhythmusgitarre! Alle Gitarristen nach Velvet Underground waren Feiglinge. Außer James Marshall.

‚Heard Her Call My Name' (4:05). „Got my eyes wide open". Typischer Speedball-Track eines unverletzbaren in-die-Scherben-Springers. Franz Schöler, ich bewundere dich heute um so mehr, denn du hattest schon verstanden, was ich durch dich erst entdeckte und mich dann erst mal fasziniert überforderte. Aber auch beförderte: Wie sonst kann ein Rock-Fan John-Coltrane-Spätphase-kompatibel werden?

‚Candy Says' (4:09) ist kein Break. Es ist die Phase des angenehmen Runterkommens, in der kurzen Zeit, in der es keine Angst macht. Das erlebst du zehnmal, mit konstant sinkendem Spaß-Faktor, dann hast du ein Feierabend-Problem. ‚Candy Says' ist einer der Velvet-Underground-Songs, nach denen man vermuten kann, was für Drogen-Freaks die Beatles waren, als sie noch als vermeintlicher Schwiegermuttertraum die britische Yellow-Press verjüngten.

‚What Goes On' (3:35) Kool! Velvet Underground hatten das Prinzip des minimalistischen aber energetisch maximalen Two-Beat-Groovens verstanden, und waren damit Jaki Liebezeit & Can etwas, und den Techno-Vorläufern gute zehn Jahre voraus.

Die Balladen des dunkelblauen Albums waren großartig. Das Böse von Velvet Underground reduziert, fast unplugged – eine cleane E-Gitarre ist eigentlich ein akustisches Instrument. ‚Some Kind Of Love' (3:35) ist nur cool. ‚Jesus' (3:24). Help me in my weakness … Und dann ‚Pale Blue Eyes' (5:40). Die Zeile, „The fact that you are married, only proves, you're my best friend" kam zweimal in mein Leben, einmal mit „... thought of you as everything, I had but couldn't keep"[8] – 20 Jahre später als Retro-Soundtrack. Die alte Platte knistert extrem am Ende.

Auf dem Cover von ‚Franz Schöler Präsentiert: Die Velvet Underground Story' waren in einer grafischen Darstellung zwar fünf Menschen abgebildet, Moe Tucker allerdings zweimal in verschiedenen Posen. Oder sollte diese Person mit Brille, ganz oben, Andy Warhol darstellen? Das war für mich damals nicht zu erkennen, denn ich hatte noch nie ein Foto dieser Band gesehen. Im Inneren des Klapp-Covers konnte man einen längeren Text über

Velvet Underground nachlesen, dessen Inhalt ich komplett vergessen habe. Nicht aber die Reihenfolge der Tracks, deren erneutes Abhören nach Jahrzehnten ein Gefühl hervorruft, wie zum ersten Mal die Liebe seines Lebensjahrzehnts zu treffen. Wenn es denn so war, wie bei mir und Velvet Underground.

Neben Lou Reed (voc/lead-g) waren in dieser Compilation Maureen Tucker (perc), Sterling Morrison (rhythm-g/b) und auf den ersten fünf Tracks John Cale (viola/p/org/b) und die auf dem Cover fehlende Nico (voc) zu hören. Auf der Rückseite des Covers waren die Song-Titel aufgeführt, links daneben wieder der irgendwie aus dem Bild schielende Franz Schöler, darunter seine Biografie. Schöler war damals schon ein erfolgreicher Journalist und auch Audio- und HiFi-Experte, der später lange für den deutschen Rolling Stone schrieb. Seine Compilation gehört definitiv zu den wichtigsten meines Lebens. Danke.

Das Doppel-Album ‚Tago Mago' von Can war dann später die Party-Musik derjenigen, die erkannt hatten, dass sie schon eine Zeitlang gegen everybody's darling, big H, verloren hatten. Heroin hat allerdings von Anfang an nie ein Geheimnis daraus gemacht, gewinnen zu wollen. Gegen dich, Loser. Can waren auf jeden Fall die Fortsetzung von Velvet Underground, die European Sons, an die Lou Reed solo nie wieder rankam. Vielleicht hatte er das Spiel nicht verstanden. Überhaupt war er vor allem der coole Sänger einer genialen Band. Später war er nur noch manchmal sehr gut. Oft aber auch ein ziemlicher Idiot. Ich hatte zwei Zusagen für Interviews mit ihm. Beim ersten Termin, Anfang der 90er, war die Vorbedingung, dass wir uns 15 von 30 Minuten über Computer unterhalten sollten. Ich schrieb für ein Musikmagazin – und sagte ab. Beim zweiten Termin, ein paar Jahre später, kam die Zusage mit der Anmerkung, die Interview-Fragen würde man mir in Kürze zukommen lassen. Ich antwortete, dass man mir dann ja auch gleich die Antworten mitschicken könne – und sagte noch mal ab. Erniedrigung ist nicht so mein Ding.

Eben habe ich gelesen, dass Damo Suzuki (voc), Michael Karoli (g/viol), Holger Czukay (b), Jaki Liebezeit (dr/b/p) und Irmin Schmidt (org/p/voc) ihr Album ‚Tago Mago' nach einer fast gleichnamigen Insel, nördlich von Ibiza, benannt haben. Wie wunderbar uncool sich das heute liest, aufgrund von Image-Veränderungen. Man hätte ja mal eine der 746 ‚Café Del Mar'-Compilations mit einem Can-Track irritieren können. Die Sounds & Grooves dieser Band waren space in my room, zwar strandfrei aber mit unendlich langen Sonnenuntergängen. Can waren viel weiter als wir. Ihre Musik war wie ein Reiseführer, der viel verrät, aber nicht wo das beschriebene Land liegt. Noch nicht mal seinen Namen.

Heute weiß ich, dass ich damals keine Can-Platte wirklich bis zum Ende erlebt hatte. Erlebt! Das änderte sich, nachdem ich Michael Karoli kennenlernte und ich ihn bei einem Essen interviewen und fotografieren konnte. Er verwirrte mich mit seiner Mischung aus Begeisterung und hastiger Unruhe. Ich wunderte mich, dass er beim Erzählen überhaupt am Tisch sitzen blieb, stieg dann selbst auf meinen Stuhl und fotografierte ihn von oben herab. Ich sah die Angst in seinen Augen und irgendwann seinen leeren Platz. Abends sah ich ihn mit seinem Projekt Sofortkontakt live. Vor 6000 Besuchern, performten auch die anderen ehemaligen Can-Künstler Jaki Liebezeit, Irmin Schmidt und Holger Czukay mit ihren neuen Formationen. Das Konzert wurde live ins Netz gestreamt. 1999 wie 1969 nutzten Can alle Möglichkeiten. Technologisch, musikalisch, wirtschaftlich. Hildegard Schmidt ist für mich die größte Independent-Kunstmacherin aller Zeiten.

Danach, zu Hause, hörte ich ‚Tago Mago' noch mal und noch mal. Geniale Musik, mit der ich aber wieder diabolisch abstürzte. In die ich hineinfiel. Can war immer ein Trip – definitiv kein Sozialarbeiter-Soundtrack, der dir Halt gab. ∞

20 ∞ TOD

Nachdem mein Vater gestorben war, wollte ich ihn nicht mehr sehen. Als Kind hatte ich aus einiger Entfernung erlebt, wie in Holland ein anderer Vater aus dem Meer gezogen und weggetragen wurde. Es war in Breskens, mit Blick auf Vlissingen, mit dem Campingplatz im Rücken und dem Tod vor Augen. Für mich war es damals ein Camper mit Kindern, der Mann der Mutter, das kalte Meer zwischen den mit hölzernen Aufbauten verstärkten Buhnen, der lange, nasse, Ebbe-Strand mit ekligen Quallen und kleinen Gruppen auf dem Deich, die murmelnd kommentierten. Wir haben danach nicht mehr darüber geredet. Wir waren nur ein bisschen vorsichtiger.

Mit 19 sah ich, wie Sanitäter einen Toten aus einer Toilette in der Zwischenebene vor dem Frankfurter Hauptbahnhof zogen. Es schmierte etwas, es stank dort sowieso immer, es standen auch immer Menschen rum, die immer irgendwas kommentierten. Tod war hier immer. Als ich einmal nachts von der Alten Oper zum Hauptbahnhof rannte, um den letzten Zug nach Norden zu erreichen, sprang ich zwei, drei Stufen zur Passage runter und fror mit dem gesamten Bild ein. Langsam erkannte ich weiter unten, in der Dunkelheit, vor dem heruntergelassenen Absperrgitter, vier, fünf, sechs zusammengekauerte Menschen vor zwei Kerzen über denen sie den Trip in einen kurzzeitigen Normalzustand aufkochten. Dann überrollte mich ihr unglaublicher Gestank, eine dunstige Nebelschwade in braun, die meine vom Laufen atemlosen Lungen mit in Essig, Schimmel und Urin getauchte Sepia-Zuckerwatte füllte, sie fast ausstopfte und meinen ganzen Körper mit Ekel durchflutete. Ich drehte mich um, stolperte zurück, kletterte über eine Absperrung, überquerte die Straße und lief irritiert an Taxis vorbei Richtung Haupteingang.

Vom Tod meines Freundes JJ erfuhr ich am Telefon, vom Tod meines Bruders durch den Blick meiner Freundin, die nur sagte, ich müsse mal meine Eltern anrufen, nachts um elf. Danach rief ich noch ein paar Menschen an, heulte am Telefon, wie Jahre vorher neben einem Friedhofsausgang, zu dem ich alleine gegangen war, nur weg von JJs Grab.

Vom Tod meines Vaters erfuhr ich am Telefon. Morgens. Mittags fuhr ich mit dem Zug dahin, wo meine Eltern ihr Zuhause hatten. Von meinem alten Zuhause war jetzt noch weniger übrig. Ich betrat die Wohnung und traute mich nicht zu fragen, ob „er noch da ist". Er war noch da. Das Er, nicht mein Vater, aber ich wollte nicht sehen müssen, ob da noch mehr lag, als der Mensch, der gegangen war. „Sie holen Papa ab, so gegen vier."

Ich lief ohne Ziel in der Stadt herum, der kleinen Stadt, die ich dabei gefühlt sieben bis zehn mal in alle möglichen Richtungen durchquerte, dabei nur Orte sah, an denen mein Vater saß, teilnahmslos, stand und zu mir rüberschaute, immer schwarzweiß, grobkörnig, aber auch mal in Farbe freundlich winkte, während hinter ihm immer wieder Wagen von Bestattungsinstituten graue und schwarze Gaze-Schleier ins Bild zogen. Ich hatte Angst, zu früh zurückzukommen.

Der Weg aus dem Leben war lang. Die Zeit, in der er sich selbst dabei beobachtete, dem Geschehen nicht mehr so folgen zu können, wie gewohnt, war schmerzhaft, voll von Ungeduld, Enttäuschung, Verzweiflung, wenig Wut. Es fielen jetzt alle Türen vor ihm zu, durch die er schon mal gegangen war. Ich habe ihn fotografiert, als er mir etwas aufschreiben wollte, was er beim Schreiben vergaß – das Wort, die Bedeutung, die Buchstaben, die Führung des Schreibwerkzeugs. Das Wort blieb im Stift, mit allem, was es ausmachte. Ich habe so einen Moment fotografiert, und das Bild tut weh. Aber es ist extrem wahr.

Der Weg aus der Verzweiflung war irgendwann gefunden und eigentlich kurz. Es kam wieder Freude, Rührung, Dankbarkeit, Wärme, noch mehr Nähe. Auch etwas Kindliches; heute erinnert mich eine alte Katze, die ich liebe, an ihn. Die Nähe war nie weg zwischen uns. Jetzt funktionierte sie für ihn aber auch über Skype oder Facetime. „Für Papa ist es immer so, als wärst du da gewesen." Für mich war es auch so. Einmal spielte ich Gitarre für ihn.

Als er ein Jahr davor mal für kurze Zeit im Pflegeheim war, saß ich einmal bis spät nachts an seinem Bett, weil ich dachte, er stirbt. Ich wunderte mich über die Ruhe, die mich durchflutete, die Art von fast schon optimistischer Ruhe, kaum sediert aber mit ganz klarem Kopf, die mich schon früher bei meinen Eltern immer überrascht, erstaunt hatte, wenn eine(r) von beiden plötzlich schwer krank wurde. Ich erzählte ihm ganz viel, vielleicht schlief er dabei. Ich erzählte immer weiter, bedankte mich für unerwartete Geschenke, die mein ganzes Leben geprägt hatten. Mein Vater war eigentlich nicht der Typ, der Marshall-Amps verschenkte. Aber er verstand meine Liebe zur Musik, meine Baustellen-Arbeit für eine E-Gitarre, meine stundenlangen, zurückgezogenen Jams mit mir selbst, mein Interesse, meine Freude, meine Weg. Er hatte kein Interesse an, bei passenden Gelegenheiten vor Publikum heraus trompeteten, bürgerlichen Familienoberhaupt-Punktlandungen der Marke „Habe meinem Ältesten einen

Wagen gekauft!". Unsere Familienautos wurden früher immer sehr alt und hatten eine Menge selbst ausgebesserter Schrammen im Metallic-Lack. Das war ihm egal. Er hatte eigentlich auch kein Interesse an Musik. Aber er hatte Respekt vor anderen Menschen, er spürte Engagement, Haltung, Liebe. Er hatte Freunde und Verwandte, die begeisterte Musiker waren. Er mochte aber nur ‚Samba Pa Ti'.

Es dauerte sehr lange bis zur Beerdigung. Ich konnte in der Kirche nicht wieder vorne sitzen, wie bei der Trauerfeier für meinen Bruder. Auf dieser Anklagebank, die Zeugen im Rücken, den Erklärer am Pult vorne, Fragen dürfen keine gestellt werden, Antworten sind auch nicht vorrätig. Ich saß ganz hinten an der Wand und freute mich über ein paar Besucher, Freunde meiner Eltern, die ich Jahrzehnte nicht gesehen hatte. Den nicht gealterten Sportler und seine Frau, die wiederauferstandene Drogentote, die strahlte wie ihre nächsten 100 Jahre Leben, Fremde, die auf mich zukamen, Nachbarn, die ich nicht kannte oder wiedererkannte. Es war gut.

Wir fuhren abends zurück. Meine Mutter fragte vorsichtig: „Ihr kommt doch auch jetzt noch zu Besuch, wo der Papa nicht mehr da ist?"

Er war noch da. Es dauerte sehr lange, bis ich nicht mehr spontan dachte, ihn jetzt mal anzurufen. An seinem Grab war ich selten. Unter einer 30 mal 30 Zentimeter großen, drei Finger dicken Steinplatte steht seine Urne. Eine Urne. Asche. Der Name auf der Platte ist lebendiger. ∞

30 ∞ JAQUE

Er war fast elf Jahre älter als ich. Ein Geschenk, denn durch niemand anderen habe ich so vieles kennengelernt, das meine Sicht auf Kunst, Musik, das Leben, die Menschen und die Freiheit geprägt hat. Entscheidend.

Als Jacques starb, las ich einen ungewohnten Namen in der Todesanzeige: Jaque. Ich hatte ihn immer Jacques genannt, klassisch französisch eben, und mir seinen Namen geschrieben auch so vorgestellt. Wir haben uns nicht geschrieben. Manche Leute aus unserem Umfeld nannten ihn auch Chuck oder Djack.

Jacques hieß eigentlich Jakub Karel Otto Reinhart, drei Vornamen, ein Nachname. Sein frühester Klassiker war es, sich in der Schule auf Nachfrage nach seinem Namen, komma- und Jakubfrei, Karel eingedeutscht als „Reinhart Karl Otto" vorzustellen, was den anwesenden Pädagogen angeblich zur Weißglut trieb, da alle drei Bestandteile in unserer Region als Vor- und Nachnamen gängig waren. Jacques hatte schon immer einen eigenwilligen Humor, und manchmal lachte er zuerst mal alleine, weil wir alle länger brauchten. Oder einfach nicht glauben konnten, was er da wieder erzählte.

Wir lernten uns kennen, als ich 16 war. Er war damals 27 und ich hielt ihn für alt, was auch an seinem Zauselhaar, ab und an etwas Bart, schlechten bis fehlenden Zähnen und seinen eigenwilligen Ideen, Erzählungen, Erklärungen und Platten-Tips lag. Tipps schrieb man damals mit einem p, was ich lange Zeit immer schöner fand. Jacques war für mich sehr alt, aber alt im Sinn von erfahren. Das Alter war nie Thema, aber das Erleben, das Erlebte. Von ihm erfuhr ich von James Blood Ulmer, vom Moers Festival, dem Art Ensemble Of Chicago, Peter Brötzmann & Han Bennink, Anthony Braxton, Absinth, William S. Burroughs, von ihm lernte ich Abhängigkeiten früh genug den Mittelfinger zu zeigen, lernte Stopp zu sagen – noch so ein zum p-Verschwender mutierter, heim ins Sprachreich eingebürgerter Anglizismus – aber das nicht ohne vorher alle Drogen in Reichweite erfahren zu haben. Alle, außer die verlogenen Ratten, die deine Psyche kapern, bevor dein Körper fließt. Die junge, erwachsene Männer verfettet auf einem Kinderfahrrad durch Kleinstädte strampeln ließ.

Wir hatten Hochhausspringerinnen, Overdose-Überlebende und -Unterlegene, wir lernten braunen Sand aus Sri Lanka kennen, der uns einen Sommer absolut im Griff hatte, dessen Reste wir aus Angst vor uns selbst auf den gepflegten Rasenflächen unserer Elternhäuser verstreuten, und Stunden später gierig den Boden absaugten, ableckten, weginhalierten. Und am nächsten Abend standen wir wieder am Krankenhausgarten, wo uns die heimgekehrte Patientin unter Überwachung des Syndikats V2, kleine Papierfaltarbeiten durch die Gitterstäbe schob. Kylie war abgemagert, klein und gesund mal sehr hübsch gewesen. Man hätte das Pulver in ihrem überschaubaren Körper eigentlich finden müssen. Schon im Weggehen rissen wir das Pack auf und zogen den Inhalt einfach rein, kippten um, waren für Stunden unverletzlich. Ich kotzte morgens das Spülbecken voll, ging zur

Arbeit auf eine Baustelle, schwitzte, litt, krampfte und lebte für den Abend. „All That Jazz" zeigte mir das später in Gedichtform.

Es ging dreieinhalb Wochen so, das verdiente Geld verdampfte, und ich und mein Freund des Sommers, wir verloren jeden Halt. Wir flogen durch einen 45 Grad abwärts führenden, quadratischen Betonschacht nach Irgendwo, immer schneller, ohne jede Chance, auch nur eines der vielen Drahtseile zu fassen, die mit großen, kantig geschmiedeten Nägeln an den Wänden des Kanals befestigt waren und meterlang um uns rum wirbelten. Wir taumelten nach unten, unverletzlich und schmerzfrei.

An einem Morgen am Spülbecken – es passierte immer beim Kaffeekochen – kam der Anruf meines Mitreisenden: „Sie wissen was, jemand hat geredet." Ich packte meine Sachen zusammen und verlies die Gefahrenzone, saß eine halbe Stunde im Zug, bereute es, wollte zurück und fuhr weiter. Ich hatte zehn harte Tage vor mir.

Jacques meinte nur, er würde sich von keiner Substanz oder Kreatur der Welt sein gesamtes Dasein diktieren lassen. Er wirkte sogar ein paar Sekunden fast väterlich. Er machte sich Sorgen um mich. Da wusste ich, dass ich meine Freiheit zurückwollte.

Mit seinem Auto war ich von meinen Eltern weggezogen, ein alter, blauer Ford-Kombi voll mit Bettzeug, Pflanzen, zwei Gitarren einem Amp, Büchern, Platten, Anlage. Mit dem selben Auto habe ich ihn in der Gottbillstraße abgeholt. Wir haben vor Weihnachten Misteln aus entlegensten Ecken der Ardennen in dichtgedrängte Großstadt-Fußgängerzonen transportiert, haben mit antiken Ledermänteln und -jacken gedealt, er hat Korbstühle geflochten, einen Flugschein gemacht, einen Pub eröffnet. Ich studierte, begann einen Job, wir sahen uns über zehn Jahre nicht, bis ich ihm an einem Abend in seiner Kneipe an der Theke gegenübersaß. „Hilf mir mal. Ich kenn dich doch."

Ich half ihm und wusste, dass sich etwas geändert hatte. Er war irgendwie sehr berührt und meinte immer wieder, das sei „eine große Freude". Es war ein sehr schöner Abend.

Den Pub gab er auf und er hat dann Flugzeuge nach Afrika geschleppt, in Namibia eine Firma gegründet – wir sahen uns wieder lange nicht.

Jahre später trafen wir uns noch zweimal und redeten lange. Beim dritten Besuchsversuch war er unterwegs zum Flugplatz, teilte mir seine Freundin mit. Beim vierten öffnete niemand. Später erfuhr ich, dass er da schon gestorben war.

An einem Mittag hatte ich die kleine, quadratische Grabplatte gefunden. Ein Segelflugzeug war abgebildet, darunter stand:

Jacque Reinhart
* 1950 ∞ 2018

Er hat wirklich eine Menge ausprobiert. Auch Namen. ∞

40 ∞ HOME

Ich reiße mich selbst aus dem Traum und sitze aufrecht im Bett, mit Flugzeugmotorengeräuschen in den Ohren, die sich, wie ein umgedrehter Tornado, nach oben verjüngend aus meinem Hörspektrum rausziehen und nur einen mittelhohen, permanenten Stresston mit dezentem Rauschen hinterlassen. Ich sehe schlecht.

Filmrissvideodropoutsystemdown. Es ist irgend etwas passiert. Drogenkonsum findet mit steigendem Alter, wie bereits erwähnt, immer häufiger zu Hause statt. Alleine oder konzentriert inkognitoxisch, parallel zu Telefongesprächen. Skype & Co. sind ungeeignet bzw. anstrengend für halbtrockene Undercover-Polytoxymane. Ich stinke nach Anis.

Zwischendurch war ich oft im Zwiespalt, ob ich weniger oder mehr wollte. Jedenfalls wollte ich raus aus diesem Käfig, in dem nichts mehr passierte. Highs und Downs klebten wie flache Magnete auf dieser kalten, starren Metallplatte. Wie umgekippte Dominosteine ohne Punkte. Es gab überhaupt keine echten Highs mehr, und daher waren die Downs Alltag und sackten dann manchmal noch in sich zusammen. Implosion. Das, woher wir kamen und womit wir uns mal groß gefühlt hatten, war lange verschwunden. Ich arrangierte mich mit dieser langweiligen kickfreien Beziehung. Dass ich dabei zumindest gedanklich auf die finale Falle zulief, war mir klar. Also wollte ich doch lieber raus. Alle wollten einfach nur noch da raus, wo sie gerade drinsteckten.

Alle? Ich bin schon lange allein. Allein mit den üblichen Lügen, die man tarnen konnte mit parallelen Auffälligkeiten. Oder mit Zaubertinte. Siehst du die . ü . . . noch? Na also. Oh, sorry, das ü. Es hängt sich schwer um deinen Hals, dekorativ zur Erinnerung. Dein dir ungewollt verliehener Orden für viele Jahre Selbstverachtung – mit ein paar schönen Unterbrechungen. Oder doch eher fünfzehn, zwanzig brauchbare Jahre mit ein paar miesen Unterbrechungen, die zu lange dauerten? Denn wohin ich zurück wollte, war immer klar – und wo hinein ich zurückfiel, log ich mir eine halbe Stunde lang schön.

Das Gegenteil von Lügen ist: kein Ekel mehr, kein Verstecken, keine Geschichten, kein Schmerz, nie wieder diesen Geschmack. Und kein Geld mehr für den Krieg gegen sich selbst, gegen mein Leben: Täter zahlt Täter füttert Opfer bezahlt Täter.

Das Gegenteil von Lügen ist, jeden Morgen aufzuwachen und zu lächeln. Keine Zaubertinte, Sex. Die Fotografin sagte, es sei ein großer Unterschied. Ich habe sogar den Genuss weggelogen. Das Gegenteil heißt Leben verlängern, konzentriert sein. Erinnern. Keine Angst, etwas getan zu haben. Geschrieben. Gesagt. Morgens hektisch Timelines checken und Posts löschen. Blödes

Gefühl. Nervöser werden, je länger der Tag dauert. Auf den Dschungel warten, auf die Nacht, die dich unsichtbar macht.

Ich stinke. Wach werden, kalt duschen, sauber werden, heiß baden, kalt duschen, nicht mehr lügen, Bewegung, kein Rückenschmerz mehr, jeden Tag reden, überleben, danken.

Viel Tee trinken. Aufräumen. Im Kopf. In der Wohnung. Auf dem Schreibtisch. Laptop. Telefonliste. Mein Rücken schmerzt. Nieren. Ich will wieder eine Woche jünger und clean sein.

Schreiben. Wieder lesen. Erst müssen die Schmerzen weg. Drei Tage mit Hilfe. Mittwoch Donnerstag Freitag

Jacques verstehen.

Ich fange jetzt an. Trinke Pepsi Max, Wasser, Kaffee, Tee, räume auf, pisse, bade kurz, dusche kalt. Lese Banalitäten. Bewege mich. Schreibe für Geld. Schreibe für Geld und mich. Schreibe für mich. Es kann noch viel passieren.

Jetzt sterben sie wieder. Ich nicht. Noch nicht. Zwei Drittel oder drei Viertel ist ein Unterschied.

Keine Lügen. Nur noch einmal. Nur noch einmal: Wärme. Wärme. Alte Filme. Wärme Wärme. Flacher Atem, wie der rasselnde Filmton. Wärme Wärme Wärme.

Ich bin jetzt wirklich glücklich. ∞

50 ∞ UNDERBERG

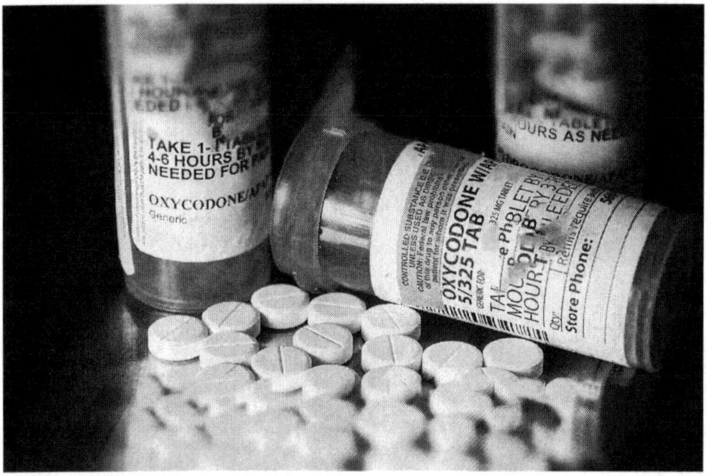

Ich träume. Du träumst manchmal sehr plastisch auf Opiaten, ohne zu tief zu schlafen. Es hat etwas dösiges, wie 10 oder 12 Stunden nach zu viel Crystal. Nur warm und ohne Depression.

Drifting ...

Er hatte sich eine Banane genommen, sie zu einem Drittel angeschält, reingebissen und sie dann, ungeschickt als frisches Obst getarnt, wieder zurück in die Obstschale gelegt. Mein Vater hatte das gesehen und sprach ihn darauf an. „Nein, das war ich nicht. Da irren Sie sich, Herr Urbanek", meinte er mit einem arroganten, leicht debilen, überzogen unverschämten Comic-Lächeln. Er lächelte immer so, und wir wussten alle, dass er ständig log. Hunde kackten auf die Straße, im Herbst fiel Laub, und Underberg log. Ich gehe jetzt nicht auf die Banalitäten ein, die sein Nachname (sofern er nicht gelogen war) assoziieren ließ. Underberg hatte überhaupt den Idioten-Bonus, denn ganz lange nahmen wir ihn nur als Unterhaltungsfaktor wahr, und zogen ihn mit.

Er hatte nie Geld für Pommes, er hatte ein Klapprad, er hatte wahrscheinlich früher Sex als wir, er hatte eine supernette, bodenständige Mutter und einen Playmobil-Vater mit Zweitsohn, der perfekt gelungen war. Underberg nicht ganz, denn er hatte nur die äußerliche Freundlichkeit seiner Ma, die genetisch kaum zu erklärende schlacksige Comic-Figurenfigur, steckte in einer US-College-Jacke, weil ein Bekannter bei den Amerikanern arbeitete.

Manche Eltern, Bekannte oder Freunde von Bekannten arbeiteten bei den Amerikanern. Nur wenige „hatten einen Ami". So nannte man einen Mieter in der Einlieger- oder Dachwohnung des zu 98%-Kredit-finanzierten Eigenheims, das in 35 plus X Jahren abzuzahlen war und meistens vorher vom Dach her wegfaulte oder durch unerwartete Kanalisationsausbauzusatzrechnungen die Besitzer in den Ruin trieb. Außer, man hatte einen Ami, der bei einem Dollar-Kurs von vier bis sechs Deutschmark immer zahlungsfähig war. Sein Gehalt war viel wert, denn die Militärs wurden in Deutschland ordentlich bezahlt und waren auch noch Wechselkursprofiteure.

Als Underberg so viel log, waren wir keine 15, und seine Familie wohnte noch in einer kleinstädtischen Etagenwohnung. Nach dem Umzug ins vermutlich sehr seriös kalkulierte Kredit-Eigenheim, hatte auch seine Familie erst einen Ami, dann einen RTL-Mitarbeiter.

RTL war in den Mittsiebzigern nur ein Radiosender in Luxembourg, der Programme auf Deutsch, Französisch und Lëtzebuergesch ausstrahlte – mit viel Musik. Später verstand ich, warum Radio-Moderatoren, -Redakteure, -Mitarbeiter – damals vermutlich alle irgendwie mit dem Sender verbundenen Menschen, außer den Hörern – Schallplatten zugeschickt bekamen. Plattenfirmen versuchten alles, damit ihre Produkte im Radio gespielt wurden. Underbergs Radio-Connection schenkte dem Vermietersohn jedenfalls immer wieder solche Promo-Ware, zeitweise waren das wirklich viele LPs – und alles Zeugs, mit dem weder RTL noch der Mieter was anfangen konnten. Irgendwann wurde mir die absolute Skurrilität klar, dass das 1969 gegründete Jazz-Label ECM den Mainstream-as-Mainstream-could-be-Sender RTL in Luxembourg bemusterte – mit Alben von Gary Burton, Ralph Towner, Keith Jarrett, Jan Garbarek, Eberhard Weber und Terje Rypdal. Underberg war sich anfangs nicht so ganz im Klaren darüber, dass diese LPs zu Geld zu machen waren, aber nach und nach kam er auf die Geschäftsidee und lernte mich als zahlenden Kunden für jene Jazz-Platten schätzen, die sonst keiner wollte. Dafür bekam ich dann auch immer mal ein paar der Rock-LPs, die alle wollten.

Es war Ende 1975, ich war 14 Jahre alt, und ich erinnere mich vor allem an ein Album: ‚Odyssey' von Terje Rypdal. Das wollte keiner haben. Ich fand das Cover cool, den Namen abgefahren, und das war mir sehr wichtig und fantasieanregend. Bands oder Künstler, deren Namen mir nicht gefielen, hatten es später immer schwer: Mobb Depp, Pink Cream 69, Betontod. Diese Platte hat mein Leben verändert. Die Kraft dieser Musik war mein bester drogenfreier Kick überhaupt. Musik von Rypdals ‚Odyssey' lief plötzlich auch als Soundtrack in experimentellen ZDF-Formaten wie „Das kleine Fernsehspiel", bei denen Bayern dann abschaltete und mit Wieskirch-Impressionen substituierte. I was on the right side. Und irgendwie auch on the dark side, denn dieser instrumentale Blues-Ersatz des norwegischen Jazz-Rock-Gitarristen Terje Rypdal war wehmütig und auch mal schmerzhaft.

Terje Rypdal spielt immer noch. Ich habe ihn ein paar Mal live gesehen, ihn in Licht und Schatten erlebt, und ich hatte Fragen. Mit ihm sprechen wollte ich irgendwann aber nicht mehr. Ich liebe seine Musik, denn sie war schon immer meine Musik. Einsam, mit Drogen, clean, mit Wärme, ohne alles – und seine ‚Ballade' vor dem Wegschießen, Weggehen, Wege suchen, war immer ein absoluter Stimmungsaufheller oder ein weiches Bett.

Mein Vater war so enttäuscht von der überflüssigen Lüge, dass Underberg danach für ihn abgehakt war – ich habe diese

Entscheidung registriert, akzeptiert aber nicht ganz nachvollziehen können. Mein Vater hatte eben mehr Menschenkenntnis, denn er lebte schon 27 Jahre länger als ich. Er hatte die Skrupellosigkeit gelesen, die mich und ein paar Freunde später noch viel Geld kosten sollten. Seit 35 Jahren habe ich diesen Idioten nicht mehr gesehen, denke aber trotzdem noch an ihn. Vielleicht, weil Lügen dein Leben begleiten wie fehlleitende Straßenschilder, und die falschen Polizisten dich nach dem Bust auch noch auslachen und dir an der nächsten Ecke des Rif-Gebirges dein konfisziertes Dope erneut zum Kauf aufdrängen.

Ich habe jetzt ein paar Tage lang alle Musik von Terje Rypdal gehört und mir sämtliche Videos angeschaut, an die ich rankommen konnte. Mit dem Ziel ‚Odyssey' zu erleben, nach langer Zeit noch mal das komplette Album am Stück, das ich als Doppel-LP bekam, das irgendwann als CD ohne die 23:29 Minuten ‚Rolling Stone' veröffentlicht wurde, was sinnlos war. ‚Made In Japan' ohne ‚Smoke On The Water'? Bullshit.

Jetzt läuft gerade ‚Ballade', und kurz vor ‚Rolling Stone' gehen mir die Drogen aus. Es ist die wunderbare Reissue-Box von 2012 ‚Terje Rypdal: Odyssey In Studio and in Concert', die mir das Erlebnis liefert. Too stoned to play vinyl.

Ich unterbreche und ziehe mich wieder an.

Das Display blinkt on and off auf Track 4 – 46:16 ... don't understand.

Addictive behaviour. Um 00:03 Uhr bin ich zurück. Ich habe Hunger. Mein aus Asni stammender Händler verachtete mich offen, als ich ihn das erste Mal fragte … Aber er mag mich jetzt irgendwie, seit ich ihm erzählte, dass ich 1981 in seinem Heimatdorf Tee getrunken habe. Damals war Asni ein großes Dorf in den Bergen. Die Nacht und den Tag danach, zurück in Marrakech, habe ich mir die Eingeweide aus dem Leib gekotzt. Das weiß er nicht. Er war damals noch nicht geboren.

Jamal steht hinter seiner chaotisch unaufgeräumt wirkenden Theke, die eigentlich zu niedrig ist. Zwei Bubbles liegen auf einem bunten Flyer, zwischen Tabakkrümeln, neben einer Packung Glass-Papers und zwei Flaschen Bier. Eine der Flaschen, die er, immer mit der linken Hand, aus dem Kühlschrank neben sich nimmt, liegt flach, die zweite steht aufrecht. Mit einem Handgriff habe ich die Bubbles und die liegende Flasche in der tiefen Seitentasche meiner Jacke. Meine gefalteten Geldscheine verbringen immer nur Millisekunden auf der Theke. Für das Bier habe ich irgendwann nicht mehr gezahlt. Ich darf Jamal manchmal den Sonderpreis auch diskret in die Tasche seines Hoodie stecken, während er sich kurz zum Kühlschrank dreht oder seinen Kiosk fegt oder an seinem Smartphone zockt. Manchmal sagt er „40.", obwohl wir das ja beide wissen. „Ciao." Eingeschränkte Kommunikation.

Input 1. Input 2. Ich esse trotzdem was. Ich kenne sonst niemanden, der auf Pulver was essen kann.

Dabei höre ich weiter ‚Odyssey'. Ich esse warme marokkanische Fladen, dazu Olivenöl, Kreuzkümmel und rotes Ras el Hanout. Zwei Bissen.

‚Rolling Stone' läuft. Gedanken laufen. Rennen. Fliegen. Wann aufgenommen? Zu laut? Gigantisch. „Recorded at the Arne Bendiksen Studio in Oslo, Norway in August 1975". Was machten die Namensgeber damals? Sie waren auf „The Rolling Stones' Tour of the Americas '75" auf dem amerikanischen Kontinent. Nach dem Abgang von Mick Taylor die ersten Konzerte mit dem neuen Gitarristen Ronnie Wood, sieben Monate nach dem Studio-Album ‚It's Only Rock'n'Roll', unterstützt von der Compilation die ich liebe, ‚Made In The Shade'.

Gedankenstränge fliegen mir entgegen, wabern wie dicke, bunt bemalte Taue rechts und links von mir. Ich greife nach ihnen, denke an David Bowie. Ich denke an Britta aus der Seitenstraße vom Kurfürstendamm, die mit Amadeus, einem Oboisten von den Berliner Philharmonikern zusammenlebte, in dessen Zimmer wir nicht schliefen. Und ‚1984' von David Bowie hörten.

Terje Rypdal kommt zum Thema zurück.

Too Rolling Stoned. Robin Trower kommt im Herbst. Nein, das Konzert fällt aus. Und ich cancele gerade ganz schnell mal mein Leben. Zu schnell.

Der Vorteil von Opiaten ist, dass der denkende Mensch großen Respekt vor dem Erstickungstod hat und deswegen kontrolliert dosiert. 500 Opiat-Tote in Deutschland sind überschaubar.

Bei Alkohol ist das bekanntlich ganz anders, aber legal normal lethal. So normal wie bei den zwar weiterhin verschreibungspflichtigen bzw. illegalen US-Opioiden Oxycodone oder bei Fentanyl, dem seit Jahrzehnten Zigtausende zum Opfer fallen, zuletzt fast 110.000 Menschen pro Jahr alleine in den USA.

Wenn n-O-rmalität eintritt, relativieren sich eben die Unterschiede zwischen den Massenkillern. Alkohol. In beiden Fällen verblödest du und lässt dich erst versklaven und dann töten. Dumm gelaufen.

Auf Speed & Co. begegnest du eigentlich immer irgendwann dem Fast-Herzinfarkt. Sicher aber vorher der psychiatrischen Ambulanz. Da, wo du Sonntagmorgens in jeder Großstadt eine dreistellige Nummer ziehst, und viele lieber gleich auf der Brücke warten. Wie krank ist das, wenn man es drauf anlegt, an ausbleibenden Kicks mental zu verrecken?

Mein Freund Belgique erzählte mir, er habe die Art von Balance nah am Abgrund gefunden, bei der sein Atemsystem nur noch im Sitzen funktionierte, weil die Lungen sich liegend zusammengedrückt hätten. Keine Luft. OK, der große Nachteil von Opiaten ist, dass sogar der denkende Mensch irgendwann jeden Respekt vor der Angst verliert und sich für den eigenen Retter auf dem Seil hält. Der Täter rettet sich selbst, also das eigene Opfer.

Und wenn du ganz im Wahn bist, dann bist du selbst die eigentliche Droge, und die Kontrolle. Und die Kontrolle der Kontrolle. O lacht. O lacht dich aus.

Irgendwann nannte Jamal mich „Bruder", und ich wusste nicht ob ich mir Respekt oder Mitleid erkauft hatte. Er sagte: „Ich danke dir, Bruda." Nach diesem Satz wusste ich, dass ich alleine war. Hooked.

Mittwoch, 20. Januar. Heute ändert sich die Welt.
Ja, klar. ∞

60 ∞ SCAG

Ich hatte Jacques nicht so ganz verstanden, so wie mich Belgique nicht so ganz verstanden hatte. Nichts hatten wir verstanden. Später hatte ich postopioidal geträumt, William S. Burroughs hätte bei meinen Eltern geklingelt, als nur ich zu Hause war, und mir an der Haustür, mit Hut und dem für ihn typischen korrekten Abstand, eine Frage gestellt. Wie ein Vertreter. Nur wollte Bill eben kein Geld, sondern nur eine Antwort, als er mit seiner knarzigen Stimme ansetzte: „Was haben Depressionen, Gliederschmerzen, akustische Halluzinationen, vorbeihuschende schwarze Sechsbeiner, Verstopfung, erektile Dysfunktion, Lügen, Betrug, Ticks, Cancer, Tourette, Lügen, Hautirritationen, Lügen, Essigschweiß, Lügen, soziales und sexuelles Desinteresse, Traumlosigkeit, Tinnitus, manische Phasen, Paranoia, Angstzustände, strategische Lügen und verlogene Versteckstrategien in diesem Haus als auslösendes Phänomen gemeinsam?" Er sagte „... in this house", mit lauter Betonung auf „house", die aber vielleicht nur deshalb zustande kam, weil die Worte vorher wie Kaugummi an einem Schuh lange Fäden nach hinten zogen. „Wieso in diesem Haus?", fragte ich mich kurz. Er fiel mir ins gedachte Wort und meinte. „Bitte nennen sie jetzt nicht Addiction Bros. Incorporated. Sie sind nur die Distributoren."

Es konnte nur ein Traum sein. Also schloss ich die Tür, die sich als riesiger Röntgenapparat entpuppte, der den Vertreter des Unangenehmen jetzt in Grün- und Grautönen, als Negativ aufgelöst, direkt vor mir zeigte. Immer noch mit Hut. Die Stimme war jetzt nur noch über einen winzigen Telefonlautsprecher zu hören und knarzte und zerrte noch eindringlicher als vorher: „Bitte nennen sie nicht Addiction Bros. Incorporated! Sie sind nur die Distributoren!"

Ich senkte den Kopf nach vorne, hielt mir meine Ohren zu, und die scharfkantigen HF-Messerspitzen drangen durch meine Hände und zertrennten Sehnen und Haut. Ich blutete nicht. Ich musste antworten, denn der Sand fiel immer lauter zischend durch die Enge des taillierten Glases – und immer langsamer, schlug schließlich mit größer werdenden Körnern lauter und lauter auf den eingesetzten Boden auf, unter dem sich ein Kesselhaus-großer Hallraum befand. Duration 97 % of Infinity.

"Sucht. Es ist Sucht."

Es war augenblicklich still. Alles war weiß. Er hatte mich gewarnt. Sie hatten mich gewarnt.
Ich war alleine.

Jemand tippte mir auf die Schulter. Ich dreht mich um und sah meine Verabredung. Die Parkbank vor dem Feld, Richtung Westen, ein paar hundert Meter hinter dem Denkmal für Täter und Täteropfer-Täter. Mein Westworld-Bunker in diesen Wochen.

Abends ließ ich mich dort hinfahren, unter dem Vorwand, ich hätte dort was zum Rauchen versteckt, stieg aus, griff in mein Versteck und beförderte das Pack in die Jackentasche, tat so, als ob ich suchen müsste, ging kopfschüttelnd zum Auto zurück, und beschuldigte dann jemanden vor mir dort gewesen zu sein und mich abgezockt zu haben. Ich nahm meine Verabredung mit nach Hause. Alleine.

Allein für diese Episode habe ich mich später mehr geschämt als für erste peinliche Befragungen durch die V2-Police. Es waren nette Leute, die ich verarscht habe. In dem Moment ohne jedes Gefühl, nur mit klaren Zielen. Abgezockt haben wir uns alle gegenseitig. Valoron gestreckt, Lexotanil, Adumbran, Frisium, Tavor und andere Hausfrauenweichmacher zu nachfragegetriebenen Spätabend-Marktpreisen an Teenies vertickt. Freundin von komatösem Drogen-Kumpel gefickt. Das beste Dope behalten. Von der verlogensten Schlampe unserer Interessengemeinschaft wurden wir dann denunziert. Dafür habe ich zwei Wochen später mit der Faust an ihre Tür geballert und „Polizei, bitte öffnen Sie …!" gerufen, und sie hat ihre ganzen Pillen, ein bisschen Pulver und drei Finger Gras ins Klo gespült. Hat mich am nächsten Abend selbst geärgert.

Codein, Tramal, Methaqualon, Rohypnol aka Flunitrazepam, Diazepam, Bromazepam, Clobazam, Lorazepam, Oxazepam, Prazepam, Haldol alles, was an Hypnotika, Tranquilizer und sogar Neuroleptika zu kriegen war. Zum Wachsein vorher und nachher Ephedrin, Captagon, Speed etc. Wichtig war, die Handelsnamen zu kennen, die Indikationen zu studieren um bei Ärzten in der Sprechstunde unkompliziert das richtige Rezept zu triggern. Die Rote Liste stand im Bücherregal neben Boris Vian, William S. Burroughs, Pitigrilli und natürlich Erich Fromm. Hesse habe ich vergessen. Die Falle war: Sie, die genannten Substanzen, blieben lange bei dir. Und besonders bei Benzos nimmt das Tempo des Wirkstoffabbaus rapide ab, je weniger Rest-Wirkstoff noch in dir ist. Es dauert also immer länger, bis wirklich alles raus ist. Und so kann es dann auch passieren, dass Entzugserscheinungen nicht unbedingt so schnell auftreten – manchmal erst Tage nach der letzten Einnahme einer größeren Dosis. Lange Halbwertszeit, lange Wirkung, noch lange nach der letzten überdosierten Einnahme. Dann kommt irgendwann die Überraschung und die Trennung dauert ewig, weil deine Psyche über eine Woche lang deinen Körper anschreit.

Die andere Möglichkeit ist die Kumulation, weil du schneller nachlegst, als dein Körper abbaut. Das kann auch bei Missbrauchtätern bei vermeintlich moderaten Dosen passieren. Leider kann dein Körper dann nicht dein Hirn anbrüllen – du kippst einfach um. Wenn du Glück hast, stehst du irgendwann, nach zwei Tagen wieder auf. Oder du sackst einfach weg aus dem Leben.

Und dann gibt es noch die unauffällige Gewöhnung und Toleranzbildung, bei längerer regelmäßiger, sozial positiv sanktionierter Einnahme – in der legalen Drogenszene der Alkoholeveloser[9] ganz normaler Alltag – und natürlich kein Thema. Applaus für drei Millionen Alkoholtote pro Jahr, weltweit[10].

Ich war längst Teil eines Problems, das ich schon als Kind im Stadtpark hatte sitzen sehen. Wobei mich die Problem-Szene am Springbrunnen durchaus interessiert hatte, während meine Mutter mich an der Hand in den Supermarkt gegenüber gezogen hatte. Jahre später erfuhr ich mehr über einige der Figuren aus dem Park, die vielleicht maximal zehn Jahre älter als ich waren: Marino blieb immer gleich und wollte Pillen und Geld schnorren – sein Leben hatte nur aufgrund der Weiterentwicklung der pharmazeutischen Industrie und älter und gleichgültiger werdender Ärzte eine minimale Dynamik behalten. Der auffallend rothaarige und sommersprossige Reimer und seine schöne Freundin Marisa waren irgendwann verschwunden, Cem wurde mit der Zeit absolut narkotisch, psychotisch, introvertiert und schaute mich oft beunruhigend an, als wolle er mir gleich die Taschen mit einem Skalpell aufschneiden und die rausfallenden Pillen mit seinem Saugrohr inhalieren, um im selben Moment nach schräg oben wegzudüsen. Gerrit war meistens verschwunden und längst ein Junkie, sein Triphängerbruder mit dem Kinderfahrrad fuhr immer noch mit einer von seinen fettigen Haaren verschmierten rechteckigen Brille mit Metallgestell und mit Schweißperlen auf der Stirn durch diese Stadt.

Eigentlich waren sie alle schon in den 70ern ständig und seit Jahren, manche immer noch, auf dem Sprung nach Berlin, wo „die Anderen", die wir nicht kannten, schon lange waren.

Irgendwann ist mal jemand vom 11. Stock auf den Parkplatz gesprungen. Dafür war unser großes Dorf gut genug: Es reichte mit drei H-Toten auf 10.000 Einwohner in einem Jahr sogar mal für einen ganz vorderen Listenplatz in der Statistik. Der Berlin-Hype nervte schon zu der Zeit, als die Stadt noch eine Insel im Käfigstaat war. Und die wenigen Leute, die nicht nur darüber redeten, sondern dann wirklich irgendwann gegangen waren, tauchten nicht mehr auf. Sie waren auch alle nur „in Berlin", denn was sie dort machten oder dass sie überhaupt dort irgendetwas machten oder zumindest starben, erfuhren wir nie. Irgendwann landete mal ein Schlagzeug spielender Freund von uns als Verkäufer in einem Musikladen. Jahrzehnte später entdeckte ich dann im Netz einen Bildhauer, eine Sterbebegleiterin, einen am Checkpoint Charlie für die Ausreise seiner DDR-Freundin Hungerstreikenden und einen Frührentner aus der Ick-werde-ain-Börliner-Szene. Die vielen anderen waren anscheinend durch alle Maschen gefallen und weder digital, noch analog, geschweige denn physisch real aufzutreiben.

Ein Anderer war jung, zu intelligent für Berlin, zu süchtig nach Venlo, Heerlen, Vaals, mit mehr Geld und Zeit auch nach Eindhoven oder Amsterdam. Und skrupellos. Er verkaufte mir den letzten Dreck und wir ruinierten unser beginnendes Wochenende in seinem Kinderzimmer. Die Augen seiner Mutter können an dem Tag nicht weniger traurig gewesen sein, als Monate später, nachdem man ihn in Holland gefunden hatte. Er hatte es vorher schon zweimal durchgezogen, und einer dieser Suizid-VersucHe hatte sich in seinem Arm abgekapselt und musste rausgeschnitten werden. Wiederholung drei Wochen später mit Gipsarm. Nur ein Versuch. Dann hatte er sich das Auto seiner Eltern geklaut und war losgefahren, Richtung Nordwesten, und es hat funktioniert. Er war ein 1er-Schüler, er war ein Typ, er war so nett wie man als drug addict sein kann – und er ließ mich alleine im Wald zurück, als ich abdrehte, nachdem wir viel zu viel schwarzen Afghanen geraucht hatten. Er wirkte oft alt, er hatte erkannt, dass er verloren hatte und handeln musste, er hatte Jacques zugehört und später verstanden, dass er ihn zu spät verstanden hatte. Aber da hatte schon ein Anderer das Sagen.

Noch später habe ich Reimer und Marisa in der Großstadt meiner Wahl wiedergetroffen, sie wohnten zufällig um die Ecke, in einem Laubenganghaus mit eingetretenen Türen, aufgebrochenen Briefkästen, mit Beobachtern vor dem Appartement, die auf Geld oder Ware warteten. Eingefallene Gesichter, schöne Wangenknochen, eingerahmt von fettigen Haaren und rauen Lippen, die sich für SloMo-Kommentare öffneten, unglaublich gelbe Zähne zeigten, um sich dann in einem schmalen Strich zurückzuziehen. Die Augen warteten immer nur. Auf Käufer. Auf Geld. Auf neues Dope. Auf den Kick. Auf Käufer.

In diesem Zustand haben sie noch ein zweites Kind gemacht, das früh starb. Zwischen ihnen, auf einer Matratze, die gefährlich aussah. Essigsäureschlieren zogen durch die halbdunkle Wohnung und fraßen die Menschen an.

Der mitmigrierte Stadt-Mitbewohner Blue wurde schnell Speed@THC-psychotisch und bezichtigte mich nach einem weiteren Crystal-Massaker an seinem seelischen Gleichgewicht der Weltverschwörung gegen ihn. Ich würde ihm außerdem Halluzinationen unterstellen, nachdem ich ihm einen realen Zeppelin zeigte. Ich würde die Nachbarschaft gegen ihn aufhetzen, nachdem ich komplett dicht versucht hatte, seine Wohnungstür zu öffnen – dummerweise eine Etage zu tief. Wir verloren uns, obwohl es gut anfing.

Der andere Großstadt-Mitbewohner konzentrierte sich auf Alkohol, Zigaretten, einen dunklen Keller bis zum Feierabend und einen Strick. Ihn habe ich sehr gerne gehabt, wir haben viel geredet, aber irgendwann war die Balance weg. „Können wir uns nicht wenigstens nüchtern treffen, und es dann erst laufen lassen?" Das ging für ihn irgendwann nicht mehr. Bei unserem letzten Zufallstreffen in unserer alten Stadt, standen wir in der Tür, ich freute mich, ich glaube, er auch. Ich sah seine verzweifelten Augen, die nicht zu seinen paar Worten passten, aus einem Mund mit noch drei Zähnen. Monate später habe ich oft geweint.

Kleinstadt-Mitbewohner Szabo war ein gewalttätiges Arschloch, passte mich immer ab und verprügelte mich. Er kam nie alleine: „Was willst du? Es schlägt immer nur einer. Wehr dich doch!" Ich konnte nur die Frequenz erhöhen. Es war ein Segen, als die Stadt dann vom Heroin überschwemmt wurde. Habe ich das nicht schon mal erzählt? Dieses zynisch lachende „Es schlägt doch immer nur einer", war am verletzenden, das wurde ich nicht mehr los. Ich hasste Gewalt. Die größten Arschlöcher wurden jedenfalls dann plötzlich zahm und lagen alle ganz schnell an der H-Mainline.

Uma war eine verlogene, dreiste, rücksichtslose Asi-Schlampe, die auch noch irgendwie gut aussah. Aber da sie sich nach Konsum immer mal einpisste etc., war sie nicht gerade das Objekt meiner Fantasien. Sie kaufte im Bastelbedarfladen alle getrockneten Mohnkapseln auf – auf Nachfrage der misstrauischen Besitzerin meinte sie „Ich bastele mir ein Kinopublikum, das werden die Köpfe." Das war einleuchtend. Kurze Zeit später gab es keine Kapseln mehr in keinem Hobby- oder Floristikladen in 30 km Umkreis. Zumindest keine geritzten, bei denen man wirklich noch ein Chance hatte, psychoaktive Substanzen zu gewinnen. U kochte ihr Kinopublikum, dessen Köpfe sie vorher zerschmettert hatte, in heißem Wasser auf und ein. Den so erzeugten Sud spritzte sie sich und ihrem damaligen Bekannten, was letzteren fast sein Leben kostete, denn sie hatte auch bunt lackierte Mohnkapseln – für ein internationales, diverses Kino-Publikum – verarbeitet. Ihr selbst machten solche Aktionen und das alles eigentlich immer wenig aus. Uma lebt immer noch. Ich weiß nicht, wie sie das gemacht hat.

Irgendwann später erfuhr ich die ganze Geschichte dahinter: Ein kleiner, schmieriger, ungebildeter Spießer aus unserer Stadt, bis auf ein paar Bier absolut drogenfrei, hatte sich den Traum erfüllt, eine Handvoll Prostituierte und ein paar Hände voll Jugendliche auf H zu bringen, um damit sein Geld zu machen. Es hatte wohl noch so lange funktioniert, bis eine Kundin auspackte. Beata aus der Florida-Bar schaffte es mit ihrer Story sogar auf den Stern-Titel und entmaterialisierte später in Amsterdam, irgendwo hinter der Warmoesstraat.

Mein Ex-Mitbewohner Belgique hatte mich komplett falsch verstanden. Er zog alles durch, über zwanzig Jahre lang. Er schoss mir in einer kranken Nacht das Pulver in die Nase, lachte, ich kotzte, genoss es 30 Sekunden lang, war aber so grundbesoffen, dass ich das alles am nächsten Tag fast vergessen hatte. Ablenkung löschte den Rest. Glück gehabt. Er hatte auch noch ein bisschen Glück, nach dreißig Entzügen. Aber die Flaschen im Supermarkt haben ihn noch lange angeschrieen, meinte er mal. Ein Erlebnis, in dessen Genuss ich erst später kam. Und es waren nicht nur die Flaschen. Bewegungen, Augen, Slo-Mo-Straßenszenen, die anderen Menschen überhaupt nicht auffielen, Essiggerüche, Hitzewallungen mit Gänsehaut, Musik die dich irgendwo hinzieht, dich langsam aber straight gehen lässt, fließend, ohne Ton, in Wärme und mit einem Gefühl von Glück, Liebe, angekommen sein und einem müden Grinsen über die bewusste Lüge die aber egal ist, denn du bist schon lange wieder drauf und niemand und nichts schreit dich mehr an.

Der blonde Junge mit den langen glatten Haaren und dem E-Bass, der, ein paar Jahre älter als wir, Mitte der 70er in einer echten Band spielte, erzählte mir heute, dass er damals eben nur lange Haare hatte und einen Bass. Er habe nie geraucht, nie gekifft, nicht getrunken, nichts. Mit 20 sei er weg gewesen und habe sein Betriebswirtschaftsstudium durchgezogen. Das erzählte er mir eben mal, mit Mitte 60, mein ehemaliger Flower-Power-Drogengott im Hunky-Dory-Look.

Wir waren solche Schubladendenker. ∞

66 ∞ DER SOG

Wo war eigentlich die Musik, die ehemalige Hauptsache neben diesem ehemaligem Additivum? Die war schon lange tot. Manchmal lief sogar Kansas, wenn wir uns zuknallten. Nur weil einer von uns Kansas gut fand, wenn er sich zuknallte.

Wie kann das sein? Schreiben, Musikhören, Musikmachen, Malen, Aufräumen, Ordnen, Umräumen, Kreieren, Reden, Telefonieren, Berühren, Kochen, Essen, genießen, Spüren ist so befreiend, beruhigend, befriedigend, gibt so viel Energie, gibt dir mehr Zeit als es braucht, ist Liebe, gibt Liebe. Das Andere, dieses andere halbe Leben, das dir nach und nach dein ganzes Leben nimmt, muss noch nicht mal was sagen. Es sitzt irgendwo, wie so eine dämliche Regalfigur, die sich manche Menschen auf die Bretter unter ihren Büchern, VHS-Cassetten oder Sammeltassen setzen, schaut dich noch nicht mal so richtig an, aber wenn du diese Scheißfigur auch nur kurz fokussierst, hast du schon den Kurzbefehl empfangen: Die verwirrende und gleichzeitig aber beruhigende Nachricht „OK, heute bitte noch einmal!" – und du echost „... aber danach, dann ziehe ich es durch". Die Figur bleibt regungslos. Sie lacht dich aus, sobald du den Raum verlassen hast, um dir was zu kaufen. Wenn du zurück bist und konsumierst, schläft sie sofort ein. Sie verabscheut dicht, du bist Dreck für sie. Verachtung. Sie bekommt Provision. Sie lebt von der Zeit, die du gerade von deinem Lebensende abknipst. „OK, heute bitte noch einmal!" hängt sich an „OK, heute bitte noch einmal!" und „OK, heute bitte noch einmal!" – und du echost „Aber danach ziehe ich es wirklich durch!" – und dann ist da plötzlich keine Zeit mehr für das „... dann ziehe ich es durch". „Ich! Ich habe es durchgezogen", sagt die Figur und verschwindet mit deinem Leben. Mit diesem erbärmlichen Rest. Wo ist diese kleine Brücke, die ich brauche, um Verstehen in Handeln bzw. Nicht-Handeln übergehen zu lassen? Der Fluss unter ihr ist die Lüge.

Wo ist eigentlich die Musik hin?

Es ist ein Mythos, dass irgendein Künstler besser gearbeitet hat, weil er einen Großteil des Tages mit der egomanen Sklavenhalterin Abhängigkeit verbracht hat. Jeden Tag. Immer wieder. Charlie Parker, Miles Davis, John Coltrane, Art Pepper, Emily Remler, Chet Baker, Hampton Hawes, Archie Shepp, Bill Evans – heute ist Jazz-Drogentag – waren oft einfach nicht mehr voll da. Chet Baker hat seine schlechtesten Plattenaufnahmen gegen ein paar Gramm braunes Pulver getauscht, das schnell wieder aus dem System war. Diese Musik, die ihn zum zweiten und dritten Mal demontiert, hat überlebt und kann bis heute gekauft werden. Und dann war er aus dem System, endgültig aus dem Rahmen gefallen. Ich habe fünf Chet-Baker-Konzerte besucht, bei dreien hat er gespielt. Einmal kam er überhaupt nicht in den Club, ein anderes Mal saß er an der Theke, während seine Band anfing – und verschwand. Ein anderes Mal kam er mir im Foyer eines Konzertsaals entgegen, in der einen Hand einen Ghettoblaster, am anderen Arm seine Freundin. Sie sahen sehr verliebt aus. Es war ein schöner Abend.

Chesney Henry Baker Jr. fiel am 13. Mai 1988 in Amsterdam aus einem Hotelfenster.

Es war schon lange kein gutes Gefühl mehr, und es war klar, dass es nicht zurückkommt. Dieses „Es ist vorbei" zu erkennen, zu akzeptieren, die drei, vier, sieben oder zehn Tage Angst, Ekel, Überspannung und Depression zu durchleben, die Leere von fehlendem Schmerz nicht mit Schmerzmitteln zu füllen und sich in dieses neue Vakuum reinziehen lassen, dahin, wo die Welt früher mal kurz schön war – das war von Angst besetzt. Angst, wie wenn man aus einem gesunkenen U-Boot nach oben schießt, wenn sich die Klappe öffnet und du in einer großen Luftblase aufsteigst. Oder im Millisekundentod zerquetscht wirst. Zu tief.

Ich war mal in einem U-Boot, das stillgelegt in einem Hafen lag. Da wusste ich wieder, warum ich nie Lysergsäurediethylamid frühstücken wollte. Kein Trip für mich. Es wäre irgendwann schiefgegangen. Ich wäre irgendwann untergegangen und mein Hirn hätte meinen Geist zerquetscht.

Jetzt sitze ich in einem Boot, aus dem ich nicht rauskomme. Ich sollte rudern und Flugzeugen winken. Oder der Aida. Auf dem Dach gegenüber küssen sich zwei Tauben. Wahrscheinlich aber auch nur eine Drogen-Übergabe. „It's june", singt Prince[11]. ∞

69 ∞ LEERE BARS

Es gab lange Tage, auf die Nächte folgten, in denen wir nach ein paar Pillen oder Lines loszogen, einfach um noch mal rauszugehen. Vielleicht in einer Phase, wo wir für Prüfungen lernten oder an irgendwelchen Abschlussarbeiten sägten. Es gab Wir, denn wir lebten in einem Haus zusammen oder machten zusammen Musik oder waren einfach befreundet oder hingen zusammen ab. Manchmal auch alles zusammen. In den letzten Monatsdritteln tranken wir uns dann regelmäßig in die roten Zahlen, wenn wir dienstagnachts oder mittwochs in irgendeinem Club, der Station oder später im Durst landeten – am liebsten dann, wenn nicht viel los war. Wenn oft gar nichts los war. Dann habe ich die Nightflights mit meinem Freund Ahmed immer genossen. Einmal, weil wir immer über uns selbst lachen konnten, dann aber auch, weil sie, mit etwas Glück, in einer unglaublichen Atmosphäre stattfanden. Es waren Edward-Hopper-Szenarien, in denen wir uns besonders im Roxy wohl fühlten. Die Theke war fast leer, eine lange Bahn, die Musik kam etwas hallig rüber, und es roch noch nach einer leeren, kalten Kneipe, die sich nach dem Wochenende nicht abgeschminkt hatte und jetzt langsam wieder auf Betriebstemperatur kam. Sie roch nicht nur nach verharztem Rauch und süßsäuerlichem Bier, es kam noch etwas warmes, körperliches, mit dem schweren leichten Duft der Samstagnacht zurück. Wir sogen es ein und redeten und lachten.

Irgendwann kam immer eine dunkelhaarige Frau rein, lange glatte Haare, 1970s, bekam ein Getränk – nie Bier oder Wein – Tendenz Cola oder X-Tonic, und tanzte alleine. Wir schauten rüber. Ahmed sagte dann immer: „Die ist süß", und grinste, als wollte er mich und nicht sie anmachen. Zwei Drinks später fand ich sie dann auch süß, liebte den ganzen Laden und Edward Hopper und soff mich komplett pleite. In diesem Club hätte ich gerne mal live gespielt. Welche Musik da nachts lief, habe ich komplett vergessen.

Saufen. Immer nur saufen plus X. ∞

70 ∞ HEROES FAIL

"40." „Ciao." Ich vergesse immer wieder, was fail auf Deutsch heißt. Ich scheitere an der Wahrheit. Ich höre die grausam remasterte 1991er Ryko-CD-Fassung des monumentalen Albums ‚Heroes', mit zwei Bonus-Tracks. Das Album, mit dem sich David Bowie in mein Leben implementiert hat. Ich liebe Bowie seit ‚Heroes' und ‚Always Crashing In The Same Car' vom Album ‚Low', vom 14. Januar 1977, das ja vor ‚Heroes' erschien – ich habe das immer verwechselt. ‚Lodger', Teil 3 der Journalistengeburt „Berlin-Trilogie" hat mich weniger interessiert, eigentlich kaum. Ich werde es in zehn Jahren entdecken. Oder heute Nacht.

‚Heroes': Aufnahme Juli 1977 – August 1977, Veröffentlichung 14. Oktober 1977. Was für ein Tempo, was für ein kurzer Prozess. Das war Rock'n'Roll vor der immer wieder vorgeschobenen, alles verändernden, lähmenden Digitalisierung, vor den sieben Millionen Möglichkeiten zu editieren, Undo Undo Undo, natürlich non destructive. Du bist es immer noch, Mensch. Bowie war viele Menschen.

Ich schreibe schon langsamer.
I wish you back. Thursday. Friday. New life.

O.S.T.': Wir Kinder vom Bahnhof Zoo' ist eine gute Bowie-Compilation. Soundtrack eines Kinderfilms, über den sich 1981 höchstwahrscheinlich ein paar Bergbauern in Thailand, Burma, Laos und halb Afghanistan extrem gefreut haben.

1983 bin ich in die Insel-Stadt getrampt und es war großartig. Ich hing mit irgendwelchen Parkbekanntschaften ab, vertrug das extreme Kiffen noch, ging alleine eine Riesenrunde durch Tiergarten und fand unerwartet auch wieder zurück. Wir waren in Touri-Clubs, wo in der Woche nichts los war außer coolem, unauffälligem Konsum. Ich traf Vera, wir zogen was, rauchten, tranken wenig, redeten und landeten dann aus irgendeinem Grund im Zimmer ihrer Mitbewohnerin, die nicht bei den Berliner Philharmonikern war und auch nicht Amadeus hieß, aber ein paar PackS offen rumliegen hatte, von denen sich Vera sofort eins schnappte und mich anlächelte. Die Wohnung war in einer Seitenstraße der Kurfürstenstraße, sah ich morgens. Als ich wirklich aufwachte, war ich lange zurück in dieser anderen Stadt am Fluss. Es war egal, wo was passierte.

‚Heroes': Mich hat immer nur der Vibe dieses Songs und des Albums gepackt, Text-Analyse habe ich nie betrieben. Ich war nie in den Hansa-Studios. Ich will mal dahin, heute ist es für Touristen möglich. Ich will wieder ein Tourist sein. All inclusive.

Antonia Maaß war Sängerin und Übersetzerin, sie blieb Zahnarzthelferin, denn sie kam mit Bowie nicht klar. Das spricht für sie. Wikipedia schreibt: „In Deutschland erschien auf RCA Victor PL 42372 eine vom Original abweichende Version der LP. Der Titel ‚Heroes' / ‚Helden' wird von Bowie ab dem dritten Vers in deutscher Sprache gesungen. Der deutsche Text stammt von Background-Sängerin Antonia Maaß. Eine französische Version wurde ebenfalls als ‚Heroes' / ‚Héros' veröffentlicht." That's very, very true!

Jetzt höre ich die wesentlich speediger, Amphetamin-agressiver angepasst gemasterte ‚Heroes'-CD-Version von 1999. Fuck you! David Bowie hatte etwas geschaffen, das unglaublich intensiv war und im Original intensiv bleiben wird. Und diese Biz-Technokraten und 1/0-Azubis des Digitalzeitalters betrieben mit ihren „Remastering"-Unfällen Selbstverwirklichung und pulverisierten den Vibe.

Ich weiß nicht mehr, wo ich bin. Jetzt sagt der S-Bahn-Pilot mir ‚Joe The Lion', und ich habe kurz Halt.

„Heroes" (Bowie / Eno) – 6:07. Warum hat Bowie auf dem Album-Cover den Titel in Anführungszeichen geschrieben? Warum habe ich ihn nicht gefragt? Ich sprach mit seinem Gitarristen Reeves Gabrels, Bowie stand daneben und hörte zu. 26.10.1991, Tin Machine. Gigantisch.

‚Sons Of The Silent Age' – 3:15 – is O-peak music.

‚Blackout' – 3:50 – ist der vergessene Song, der dich wieder ins Leben zieht – um weiter auf dem falschen Weg nach dem einzig Wichtigen für dich zu suchen. „I didn't get it then ..." Bowie ist immer noch 100 % Zeitgefühl. Joe the liar.

cHill dOwn soundtrack:
‚V-2 Schneider' – 3:10

‚Sense Of Doubt' – 3:57
‚Moss Garden' – 5:03
‚Neukölln' – 4:34

And we all end up in ‚The Secret Life Of Arabia' – 3:46
More! Ich habe ein Problem.

Tony Visconti: Produzent
David Bowie: Produzent

Ich habe ein Problem. Colin Thurston: Toningenieur

David Bowie: Gesang, Piano, ARP Solina String Ensemble, Chamberlin, Percussion Ich habe ein Problem.

Robert Fripp: Lead-Gitarre

Ich habe ein Problem. Carlos Alomar: Rhythmusgitarre

George Murray: Bass Ich habe ein Problem. Ich habe ein Problem. Dennis Davis: Schlagzeug Ich habe ein Problem. Eno: Synthesizer, Analog-Synthesizer EMS VCS 3.

Ich habe ein Problem. Tony Visconti: Begleitgesang, Tamburin, Percussion. Tony Visconti: Begleitgesang, Tamburin, Percussion. Ich habe ein Problem. Tony Visconti: Begleitgesang, Tamburin, Percussion.[12]

Es gab nur einen Tony Visconti.

Es gibt klingt besser.

Ich habe ein Problem. ∞

80 ∞ MANIC D

Irgendwann hatte ich mich vom Hobby-Polytoximanen zum Narco-Homöopathen entwickelt. Es schien so, als würde meine Psyche das Spiel nicht mehr mitmachen wollen, und mischte sich ein. Und das eigentlich schon sehr lange. Mit 17 oder 18 war ich beim Kiffen gelegentlich sehr unterhaltsam, weil ich regelmäßig komplette Trips fuhr. Die Wirkung von Haschisch wurde immer extremer, und das, obwohl ich jedes Mal vorsichtiger dosierte. Ich konnte das anfangs sogar genießen, denn ich hatte echte Halluzinationen und machte Bewegungen, die ich nicht machen wollte. Als mein Herz dann anfing mitzumachen, kam Panik auf, und zweimal hatte ich wirklich Angst draufzugehen.

Großartig war auch ein nächtlicher Spaziergang durch einen kleinen Wald mitten in der Stadt, bei dem erst alle Lichter ausgingen und mich dann die Bäume gefangen hielten. In Wirklichkeit hatte ich mich an einzelnen Bäumen festgehalten. „Du hast die Bäume umarmt", erzählte mir mein Mitkonsument später, der mich aufgrund meiner neu entdeckten Liebe zur Natur einfach mal im Wald alleine ließ. Das war dann der blanke Horror, aus dem ich gefühlt erst nach 17 Stunden raus kam, und dann irgendwann in einer Kneipe saß, wo ein paar Bekannte mich mit O-Saft fütterten, damit ich runterkomme. Sie waren sich absolut sicher, dass ich auf drei Trips gleichzeitig war. Was tatsächlich passiert war, glaubten sie mir erst Tage später.

Später reichte mir in einem Punk-Club mal ein Unbekannter, Typ: zu junger 68er-Darsteller mit Existenzialisten-Outfit, seine klassische, braune, Edelholz-Tabakpfeife weiter, in der er Dope rauchte. Ich war besoffen, bepillt, fand es cool, zog zweimal und es schoss etwas durch meinen Körper, direkt in meinen Kopf und zurück durch die Nase raus, mich atemlos machend, in einem Tempo, das unglaublich war. Es war wie Speedball@THC. Meine Füße waren plötzlich wie weg, ich hielt mich an der glatten Wand des Flurs nach draußen fest, sackte zusammen, sog mich wieder nach oben, wie ein Fisch, der die Aquariumscheibe von innen reinigt. Draußen, an der kühlen Herbstluft, war dann alles aus, ich brach zusammen und kotzte mir die Augen aus dem Kopf. Meine drei Mitreisenden, alle komplett betrunken, standen um mich rum und meditierten in Richtung einer Problemlösung. Ein Passant blieb stehen, und meinte zu meinem Freund: „Muss alles raus. Schlag ihm in den Magen! Das muss alles raus!" Ich hörte die Regieanweisung in halbem Tempo, durch einen riesigen Hallraum, in dem das Wort „... raus!" noch oszillierte, als ich schon die erste Faust, knapp unter meinen Rippenknochen spürte. Konnte mich nicht wehren, nichts sagen und auch niemanden anrufen. Er boxte weiter, vier, fünf Mal. Ich glaubte es nicht. Der friedlichste Mensch auf der Welt schlug mich zusammen, weil ihm ein selbsternannter, dahergelaufener Medizinalrat eine frei erfundene Behandlungsmethode nahelegt? Mein Freund kam übrigens aus einer Arztfamilie.

Ich reduzierte dann drastisch und verlor auch das Interesse. Jahre später war ich schon nach einem Gelegenheitszug an einem Joint so am Abdriften, dass nur zwei schnell hinterhergeschossene

Flaschen Bier halfen. Das war dann mein letzter Abend mit der lachenden biTHCh.

Die hinterhergeschossenen Flaschen blieben trotzdem im Rennen. Sie rächten sich irgendwann nicht mehr mit dem klassischen Kater a.k.a. Hangover, den ich als selbst erarbeitet immer geduldig hinnahm. Obwohl der Kater eigentlich blieb, aber er brachte einen schweren, dicken, nassen Mantel mit, den er über mich legte, und der mich fast bis zur Unbeweglichkeit erdrückte, mir alles Licht und ganz viel Luft wegnahm. Er kam dann wieder. Immer wieder. Ich kann nicht sagen, ob er warm oder kalt ist. Er legt sich auf mich, kriecht in mich, würgt mein Denkzentrum, polt Gefühle um zu Nichts, tapeziert den Tag mit Angst, erklärt jedes Geräusch und jede Begegnung zur Bedrohung, balanciert mit mir am Rand des großen Unbekannten, das ich mir als Kind erträumt hatte. Ich habe an betrunkenen Abenden immer weniger und nach betrunkenen Abenden immer seltener nichts gespürt. Immer häufiger kam eine Düsterheit, dann Angst. Immer häufiger kam der Kick am Morgen danach, potenziert, aber mit negativen Vorzeichen. Ich konnte manchmal nicht reden. Ich quälte mich nach Stunden in die Badewanne, lag bewegungslos, angstverkrampft im heißen Wasser, bis es zwei, drei Stunden später eiskalt war. Was mir oder meinem Kreislauf vielleicht gut tat. Dann kam die Angst vor der Nacht. Wenn ich mindestens drei Tage nicht trank, war alles besser. Immer öfter fand ich aber alles besser, wenn ich vor der Nacht und der Angst trank. „Ich wusste manchmal nicht mehr, ob ich gegen die Depressionen trank oder die Depressionen gegen mein Trinken protestierten", meinte Belgique mal. „Ich wollte es auch nicht wissen."

Ich wusste, dass es egal war und trank trotzdem weiter. Wir Opfer waren unsere eigenen Täter, stellten wir später immer wieder fest. Wir waren die Quertrinker, die die vielen möglichen Wahrheiten ganz sicher kannten, es aber niemals schafften, sich von der einen wirren Fake-Realität ihrer Wahl zu verabschieden, weil dann ja nichts von ihnen selbst und ihrer Scheinwelt übrig bleiben würde.

Das Wegschütten von Resten, Wegwerfen von halbvollen Flaschen, das Zerstören von Pernod- und Raki-Gläsern gehörte nach Abstürzen zum Morning-After-Ritual, wenn die Depression nur medium war. Und nachts habe ich dann mit der Taschenlampe im Müll-Container nach einem Brief gesucht, oder nach einem Messer, das ich versehentlich entsorgt hatte – wenn mich zufällig auftauchende Nachbarn fragten, was ich da tue. Mit der halb vollen, verdreckten Raki-Flasche unter der Jacke, schlich ich mich zurück ins Haus, mit einem Blatt Papier in der Hand, Post von der Krankenkasse zum Beispiel, trug ich mein Alibi vor mir her. Es muss Zeugen gegeben haben.

Marta war anders. Sie spürte, dass ich wusste, dass sie schon lange wieder trank. Ich räumte die Wohnung leer, sie kam vorbei, rauchte, wir redeten und lachten. Dann sah sie vier oder fünf Flaschen aus der aufgelösten Mini-Bar der Wohnzimmerschrankwand, die ich eine Stunde zuvor zerlegt hatte. Sie ging mit zwei hastigen Schritten in die Zimmerecke, griff sich eine der noch ungeöffneten Weinbrand- oder Korn-Flaschen, drehte den Verschluss einmal schnell – es knackte, so wie wenn Gewalttäter in Gewaltfilmen Gewaltopfern das Genick brechen – sie hatte die Flasche direkt danach am Mund und trank vier mittelschnelle aber sehr voluminöse Schlucke. Sie drehte den Verschluss genau so schnell wieder zu, stellte die Flasche hin und antwortete auf meinen fragenden Blick: „Jan, ich werde nie aufhören zu trinken." Und ging. Was so nicht stimmt. Sie hielt mir vorher noch die Flasche entgegen, bevor sie den Verschluss wieder drauf drehte, nachdem ich den Kopf geschüttelt hatte. Sie kannte mein ThemA. Um sie deswegen zu hassen, habe ich sie zu gerne gehabt. Sie schrieb mir, dass sie geweint habe, weil wir alle jetzt nicht mehr in die Wohnung kämen und sie uns jetzt schon vermisst. Sechs Monate später ging sie ganz weit weg. ∞

90 ∞ HERMAN

"One, two, you know what to do", sang Herman Brood. „Dope sucks", ging es weiter im Text[13], was meistens alle Anwesenden schon länger wussten, gleichzeitig aber im Frankfurter Sinkkasten, im Kölner Luxor, im Logo in Hamburg oder im De Boerderij in Zoetermeer zusammengekommen waren, um die lebendigste Inkarnation des Abuse-Problems in Rock 'n' Roll gemeißelt zu erleben. Diese Konzerte konnten extrem unterschiedlich ausfallen, aber im Gegensatz zu denen des Junkie-Juniors Pete Doherty, fanden Hermans Shows fast immer statt. Wobei er dabei mal einfach nur rockte und superfit wirkte, an anderen Tagen speedballverwirrt seine Mitmusiker und ganz besonders die beiden

Sängerinnen Lies Schilp und Robbie Schmitz a.k.a. The Bombitas ganz schön abfucken konnte. Im Luxor spielte er vor Weihnachten, zwei, drei, vier Nächte hintereinander, und ich kaufte mir immer so viele Tickets wie ich mir gerade leisten konnte. Die lautesten Shows waren die wenigen ohne die Bombitas, dafür mit Danny Lademacher als zweitem Gitarristen, die besten die mit den Background-Sängerinnen und nur David Hollestelle Jr. an der Gitarre, einem unglaublichen Musiker, der wirklich cool rüberkam, groovte und packende kurze Soli ablieferte, immer eingeleitet von einer perfekten Drehbewegung am Volume-Poti seiner Gitarre.

Als ich David und Herman für ein Lifestyle-Lala-Magazin interviewen sollte, war die Stimmung extrem schräg. Herman und ich saßen uns an den Tischenden mit zu großem Abstand gegenüber, er fixierte mich und sah aus, als würde er mir jede Sekunde entgegenspringen, wie ein schwarzes Raubtier. Er schaute mich nur an, antwortete auf keine Frage, auch nicht, wenn ich ihn direkt ansprach, und David Hollestelle Jr. und Tour-Manager Koos van Dijk, die seitlich zwischen uns saßen, versuchten die Situation in den Griff zu bekommen und erzählten irgendetwas.

Als ich ihn – letzter Versuch – nach der Bedeutung des Song-Titels von ‚Zockebeye Time' fragte, hob Herman kurz seinen Kopf etwas an, sprang von seinem Stuhl, stürzte auf mich zu, umarmte mich und murmelte etwas wie „Entschuldigung, ich hatte keine Ahnung, dass du dich auskennst …". Er schrieb seine Antworten auf ein Blatt Papier – murmelte noch mal „Der Mann kennt sich aus" – und verschwand. Stundenlang. Die Show im Club begann viel zu spät in dieser Nacht. Es war nicht seine beste.

Bei ein paar hundert Interviews, die ich gemacht habe, kann ich mich insgesamt nur an drei ähnliche Drogen-Ausfälle erinnern. Ein Gitarrist, den ich vorher noch nie getroffen hatte, umarmte mich weinend direkt an der Tür seiner Garderobe und bat mich, nichts Böses zu schreiben. Vermutlich meinte er damit den

Zustand, in dem ich ihn gerade angetroffen hatte – was mir jetzt gerade, beim Schreiben klar wird. Ich war eigentlich nur an seiner Musik interessiert. „Please, please don't write anything bad about me. Please!" Er heulte wie ein kleines Kind und brauchte Minuten um sich zu beruhigen und ein paar Fragen zu beantworten. Der weiße Hirnbeschleuniger aus Südamerika hatte sich die geliehene Zeit der vergangenen Nacht zurückgefordert. Zwei Stunden später stand er vor Selbstbewusstsein explodierend, posend auf der Bühne und performte genial. Ein absolut warmherziger, liebenswerter Mensch übrigens.

In einem anderen Fall starrte mich ein derangierter Dreißigjähriger nach meiner harmlosen Einstiegsfrage absolut orientierungslos an, und meinte dann nach endlosen 20 oder 30 Sekunden: „I am sorry, give me a minute", und verschwand in seinem Hotelzimmer. Nach zehn Minuten kam er wieder und plauderte.

Das war's mit den Ausfällen, in der wilden „Sex Drugs & Rock'n'Roll"-Welt. Wenn ich nachts von irgendwelchen Konzerten oder Interview-Jobs zurückkam und mich noch in eine Kneipe in meiner Nachbarschaft setzte, hatte ich dreimal die Woche extremere Begegnungen. Von ganz normalen Menschen, die nicht ganz normal geblieben waren. Bassisten, die wie Zombies von außen durch beschlagene Scheiben starrten. Sängerinnen, die sich sturzbesoffen an Tische setzten und über Frauenbewegung referierten. Gitarristen die von der angekackten Klobrille koksten, weil kein Wasserspülungskasten in der Toilettenkabine war, oder Gäste, die sich einfach auf einen freien Tisch legten und einschliefen. Ich träumte dabei einmal von einer schwarzweißen Katze, die auf einen Barhocker sprang und über die Theke die Bedienung anblinzelte. Ich war verliebt und besoffen. Die Katze mochte mich wirklich.

Sie blieb dann immer, bis jemand „Feierabend!" rief, und drei Bier später, wenn der Laden dann abgeschlossen wurde, lief sie vor ihrer Mitbewohnerin her, bog ab in eine Tiefgarageneinfahrt, sprang auf einen Mauerabsatz, verschwand dann im Dunkel eines kleinen Gartens und betrat ihr Haus durch die Katzenklappe. Die Frau, die Feierabend hatte, ging weiter um die Ecke und verschwand im selben Haus, durch die Menschenklappe. Ich habe diese Szene sehr geliebt.

Am 11. Juli 2001 sprang Herman Brood vom Dach des Amsterdam Hilton. In seinem Abschiedsbrief schrieb er: „I don't feel like it anymore. Maybe I'll see you around." It war vielleicht das, von dem er ein paar Monate vorher mal wieder entgiftet hatte. „You need a good reason to stop", sagte Herman mal über H. Das war Anfang der 90er.

Kurz danach starb die schwarzweiße Katze, mit der ich mittlerweile alleine zusammenlebte. Ihr Tierarzt starb fast auf den Tag genau ein Jahr später. Es war an Karneval. Ich bin danach nie wieder weggegangen an diesen langen Todestagen. Die Frau, die durch die Menschenklappe ging, hat mich damals gerettet. Ich stürzte trotzdem ab, weil gerade um mich herum noch viel mehr in sich zusammenfiel. ∞

96 ∞ SIE IST WEG

Irgendwann war die alte Musik so weit in den Hintergrund gerückt, weil dieser Gast auf meinem Sofa immer noch da war und den Raum mit Buchstaben und Fragezeichen füllte. Irgendwann gab es wieder andere Phasen, und es kam auch mal Input: Platten, Konzerte, neue Menschen, eigene Bands. Aber die alte Musik blieb im Hintergrund, und nichts Neues nahm ihren Platz ein. Error.

Die Intensität des Erlebens nahm ab. Punktuelle Ausnahmen machten diesen Regelfall noch anstrengender. Schmerzhaft. Die Emotionen, die Empfindungen, vielleicht einfach generell die Fähigkeit, etwas intensiv zu erleben, waren verschwunden. Als wären die Rezeptoren blockiert, so wie Johanniskraut-Tee synthetischen Stimmungsaufhellern den Weg versperren kann.

Musik kam rein, aber sie zerbröselte oft, bevor sie mein Hirn begeistern konnte. Wegen des Alkohols. Der war von allen Drogen übrig geblieben. Es fehlte etwas, und den Unterdruck kompensierte ich mit Alkohol. Was nicht stimmungsaufhellend, aktivierend oder angstlösend, sondern eher verdunkelnd und irgendwann dann Ängste auslösend wirkte. Alkohol ist eine psychoaktive Substanz, die die neuronalen Abläufe im Gehirn und deinen restlichen Körper verändert – und so auch eine anhaltende Veränderung der psychischen Verfassung bewirkt. Ein Arzneimittel, dass die Seele behandelt, ein Psychopharmakon. Ein Gift, dass den Körper angreift und dich runterzieht. Ein Depressivum. Ich hatte einen schlechten Tausch gemacht. Mein neues Unglück blieb und übernahm die Abteilungen Emotion und Öffentlichkeitsarbeit.

Und neu verlieben? Fehlanzeige. Warum kamen meine neuen Begegnungen nicht mehr an mich ran? Seltene Ausnahmen/ kurze Kicks: Albert Ayler Algiers André Heller Angélique Kidjo Anton Bruckner Ahmed & Dweezil Akua Naru Albert Collins Allan Holdsworth Alsarah & The Nubatones Archie Shepp Arlo Parks Armand Sabal-Lecco Art Pepper A Tribe Called Quest Atomic Swing Attila Zoller Ayo B.B. King Bilderbuch Billie Eilish Corgan Gibbons Bauer Bob Log III Bob Dylan Bobbie Gentry Brian Blade May Molko Brigitte Handley Carla Bley Carlos Santana Caspar Brötzmann Charles Ives Chris Rea & Chris Whitley Common Daniel Lanois David Bowie Fiuczynski Hollestelle Jr. Dennis Coffey Der Nino aus Wien Derek Trucks Doris Dörrie DJ Shadow Du Blonde Duff McKagan Erik Satie Eric B. & Rakim Rocco Prestia Gary Moore George Russell Glenn Hughes Herman Brood Hidalgo Hope Sandoval Iain Crichton Isaac Hayes J. Mascis Jack Bruce Jah9 James Blood Ulmer James Taylor Jean Seberg Jeff Beck & Jeff Buckley Jeff Parker Jim Hall Jim Voxx Jimi Hazel & 24-7 Spyz Jingo De Lunch Joe Henry Joey Balin John Paul Jones Frusciante

McLaughlin Scofield Shanks Johnny Guitar Watson Johnny Winter Jose James Jutta Hipp Kafka Tamura Kendrick Lamar Kim Salmon & The Surrealists Klaus Graf Kitschkrieg Laure Briard Lauryn Hill Lemmy Kilmister Lianne L Havas Lisa Dalbello Little Willie Littlefield Luise Heyer Maria McKee Marina Abramovic Mark Sandman Markus Reuter Mary Halvorson Mazzy Star Megaloh Michael Karoli Frank Katon Schenker Michelle Mick Goodrick Mike Keneally Mike Watt Moe Tucker Motörhead My Bloody Valentine Naima Husseini Nathan East Nérija Nguyên Lê Oumou Sangare Noel Redding Opeth Pat Martino Patricia Kopatchinskaja Paula Beer Penelope Houston Peter Frampton Philip Lethen Phoenix Placebo Pornomat Ralley Rausch Reeves Gabrels Richie Sambora Robbie Robertson Robert Fripp & Robert Glasper Robin Trower Rodriguez Roger Glover Rolf Kühn Rory Gallagher Sam Rivers Serge Gainsbourg Sibel RHCPhone Sils Maria Skew Siskin Smashing Pumpkins Sol Gabetta Solange Sonny Landreth Sovetskoe Foto Stanley Turrentine Sterling Morrison Steve Cropper & Steve Lukather Stooges Sudan Archives Supermax Tamikrest Tesla The Beatles The Dream The Roots The XX Thelonious Monk Third World Thurston Moore Tinariwen Touré Kunda Trettmann Tricky Trixie Whitley Troy Newman Udo Lindenberg Super700 Uli Jon Roth Unni Wilhelmsen Vanessa Petruo Vernon Reid Voltaire Woody Shaw Yasmine Hamdan Yngwie Malmsteen Zakk Wylde Zara McFarlane Lotte Elif Christina Athina Hanna Tom Alpentines Andreas Willers Jo Jena Christian Verspay Fleur De Malheur Messer Billy Bauer Lee Konitz Lennie Tristano Superkind* Meshell Ndegeocello ohne Punkt Komma Datum Adresse (.)

Ich liebe Worte und Namen, denn sie sind fantasieanregender als Menschen, denen man begegnet und oft ernüchtert ist. Ernüchtert – was für ein Wort. Ertrunken, ersüchtigt, betrunken, bedrückt, besetzt … Aber warum kamen die unzähligen neuen Begegnungen mit den Menschen und Sounds nicht mehr wirklich nah an mich ran? Und warum kamen auch meine alten Entdeckungen nicht mehr so wie früher an mich ran? Nur noch als Schatten, aufprallend mit Nachhall. Hall Hall Hall-Sounds … Die Idee des gleichzeitigen Genusses von Drogen und Musik war nett, aber ich hätte sie eigentlich danach als gescheiterten Versuch abhaken müssen. Da hatte in diesem Dreiecksverhältnis aber das Stimulans schon die Kunst zusammengestaucht, verflacht, ihr emotionales Potenzial abgeschaltet, und mir ins Ohr geflüstert, dass sie der bessere Kick sei. War. Ist.

"Ich weiß nicht mehr, wo ich zu Hause bin", singt Lotte.

Es ist die alte Multitasking-Lüge: Wenn du durch eine schmutzige Frontscheibe, nach vorne auf die Straße schaust, wirst du nie absolut konzentriert sein, weil deine Augen hunderttausendmal zwischen den toten Insekten und Staubflecken auf der Scheibe und deinem eigentlichen Fokus, 30 Meter vor dir auf der Straße, hin und her schalten. Und nein, psychotrope Substanzen sind nicht mehr neutral, sobald sie dich kennengelernt haben. Sie tanzen einfach auf deinem Festival, egozentrisch, aufdringlich, aufmerksamkeitsaugend, mit immer weiter kreisenden und greifenden Armen, wie ein spätgeborener, ungeduschter 70s-Festival-Hippie. Exakt dieser Typ, der immer vorne links vor den riesigen Bass-Woofern getanzt hat und einen Hund dabei hatte, der auf deiner Decke schlafen wollte. Jetzt sind es viele. Sie lassen dir noch ein bisschen Sound zu ihrer Performance. Mehr nicht. Und wenn die Musik zu Ende ist und sie nicht mehr tanzen, bezahlst du sie. Sie gehen und nehmen alles mit. Du läufst ihnen hinterher und bettelst.

Listen to ‚You've Lost That Lovin' Feelin'', in der Version von Isaac Hayes – dem vierten Track des Albums ‚To Be Continued' (1970). Er erzählt dir 15 Minuten und 33 Sekunden lang, was sie sonst noch so alles mitgenommen haben. Was er dir nicht erzählt ist, dass in Wahrheit du all dies ihnen überlassen und hinterhergeworfen hast. ∞

99 ∞ ELF ELF

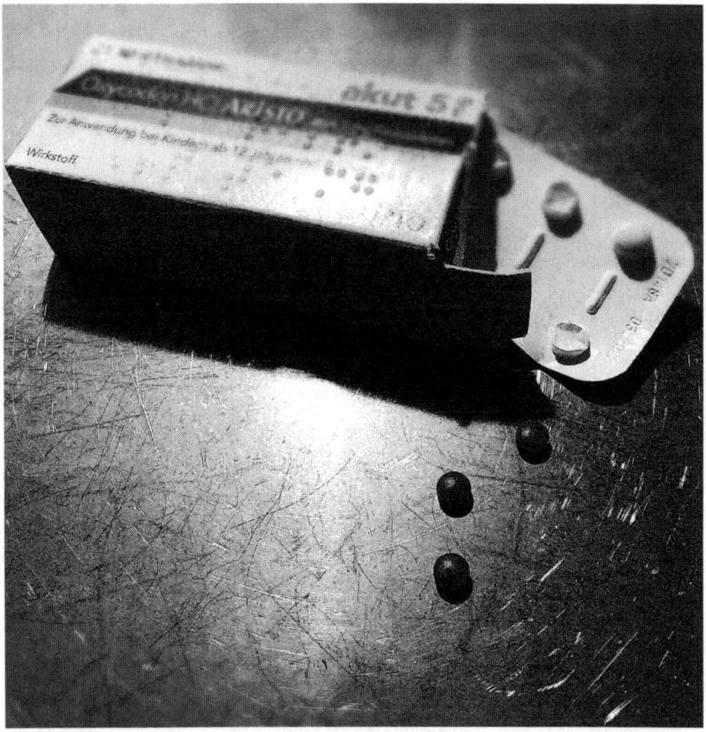

Vielleicht funktioniert es mit Schreiben. Lesen war schwierig diesmal. Do it auch. Do it geht dieses Jahr gar nicht. Aber vielleicht funktioniert es wirklich mit Schreiben.

Was haben Depressionen, Gliederschmerzen, akustische Halluzinationen, vorbeihuschende schwarze Sechsbeiner, Verstopfung, Angst, erektile Dysfunktion, Lügen, Betrug, Ticks, Cancer, Tourette, Lügen, Hautirritationen, Lügen, Essigschweiß, Lügen, soziales und sexuelles Desinteresse, Traumlosigkeit, Tinnitus, Angst, manische Phasen, Paranoia, Todesfälle in der Nachbarschaft, strategische Lügen und verlogene Versteckstrategien gemeinsam?

Das Lügen wird gerade von der wattierten, dumpfen Angst überholt, die sich anfühlt wie zu trockener Stoff auf der Haut, oder dieses glaswollige gelbe Dämm-Material, das dir die Feuchtigkeit aus den Fingern zieht. Oder wie der in hellem Beige, matt lackierte und sich stumpf, fast rau anfühlende Briefkasten am Schloss in der Kölner Str., der mir noch heute Gänsehaut auf Knopfdruck erzeugen kann. „Mit den Fingernägeln über den Briefkasten!", riefen wir uns als Kinder zu, und dann war da sofort dieses Gefühl am Rücken. Noch Jahre, nachdem wir weggezogen waren, hatte es funktioniert.

Kölner Straße. Ich glaube, damals schrieb man es in einem Wort: Kölnerstraße. Das fand ich schon als Kind unerträglich. Die schönste Straße der an Weihnachten 1944 zu 85 Prozent zerstörten Stadt, mit ein paar alten Häusern, die damals überlebt hatten oder aber perfekt restauriert worden waren. Es war die Kölner Straße, die gerade aus der Stadt hinaus lief und deren Ende man, bis zu einem Messdienerausflug zum Dom und in den Zoo, nur erahnen konnte. Kein Vergleich zur Trierer Str., die in schreckliche Schuhgeschäfte führte, die man nach kurvenreicher Strecke und den Ausdünstungen der Kunstlederpolster des blaumetallic Ford 17M immer nur mit Kopfschmerzen und Ekel erreichte. Schlimmer war nur die Straße in diese Ausflugsstadt unter der Burg, zumal der Zielort für mich damals auch sinnlos war. Hässlich zugebaute, kurvige, enge Straßen unter einer Ruine die über diesem großen Dorf thronte wie diese grausamen, geschliffenen, kristallenen Baccarat-Flaschenverschlüsse der Cognac- oder Whisky-Dekanter im Giftschrank meiner Eltern.

Dieses Drogendepot im Wohnzimmer hat mich eigentlich nie interessiert. Wir bedienten uns ab und zu bei den Zigaretten, die für Gäste da waren, aufbewahrt in einem schönen Etui aus geschnitztem Holz. Sie waren in der Regel total vertrocknet, weil wenig rauchende Gäste ohne eigenen Tabakvorrat vorbeikamen, und daher war das Konsumerlebnis nicht besonders prickelnd.

Die Tarnung bzw. das strategische Vorgehen waren eigentlich am spannendsten: Wenn das Etui komplett gefüllt war, war es schwierig, denn da fiel jede fehlende Zigarette sofort auf. Hatte eine der Freundinnen meiner Mutter dann doch mal eine oder zwei zum dritten Glas Söhnlein Brillant geraucht, konnte man zeitnah bis zu zwei Pall Mall, Attika oder Lord abzweigen.

Mein Vater hatte mit dem Rauchen aufgehört, als ich ca. acht Jahre alt war. Es passte auch nicht zu ihm. Es passte auch nie zu mir. Er trank auch nur mal eine Flasche Bier oder ein Glas Wein zum Abendessen. Kein Schnaps. Auch auf den Verwandtendörfern hielt er sich zurück, wenn etwas angeboten wurde. Es wurde immer etwas angeboten. „Trinkste'n Schnaps?" oder „Braantewäin" waren bei mir fest abgespeichert, und ich wunderte mich oft, dass das auf allen Verwandtendörfern immer exakt gleich klang, wie Samples aus dem sprechenden Drogenkoffer der Bundeszentrale für gesundheitliche Aufklärung. Mein Vater hat sich wahrscheinlich meist mit dem sinnvollen „Ich muss noch fahren" aus der Affäre gezogen, was aber immer Nachhaken zur Folge hatte. „Ja, einen kannst du doch!" Nein, nein. „Na gut, dann beim nächsten Mal." Ja, ja.

Ich fand meinen Vater in dem Punkt sehr gut so wie er war. Trotzdem habe ich mir mit 14 Apfelkorn besorgt. Und Erdbeersekt mit Orangensaft getrunken. Und natürlich Bier aus handlichen, bauchigen Flaschen, die sich wie eine Mischung aus Handgranate und Molotow-Cocktail anfühlten. Alles Süße war bei Genuss und späterer, stoßweiser Entsorgung durch einen krampfenden Magen zweifach eklig, eine Episode, die ich mit einem exzessiven Sangria-Erlebnis abschloss. An den Geschmack von Bier in explosiveren Reflux-Situationen gewöhnte man sich, so wie an die daraus resultierenden Lachen hinter dem Festzelt, wo man eigentlich zum semikomatösen Zwischenpinkeln hinging und sich dann schon mal unfreiwillig einen säuerlichen Dunst in die Nase zog, der aus einer grob pürierten Mischung aus Bier, Bratwurst,

Schweinebraten, Kartoffelpüree und Kohlrabi vom Mittag aufstieg. Am schlimmsten waren Rotweinpfützen, aber die Halbtrocken/Lieblich-Konsumentinnen schafften es zum Glück fast immer in den Toilettenwagen.

Das alles ekelte mich schon damals an. Trotzdem machte ich erst mal mit. „Hast du etwa was getrunken?" „Nei-hein ... ischgeh aufmeinzimmer."

Besser und schlimmer wurde es erst, als wir teilweise und ich komplett die Drogen wechselte. Was nicht ganz reibungsfrei verlief. Lügen wurden auch schon präventiv umgangen, mit Hilfe eine Postlagernd-Adressenänderung, was natürlich nicht funktionierte, weil der trotzdem zum Zusteller gelangte Brief dann der vom Gericht war und schließlich da landete, wo er nicht landen sollte. Das Problem für mich war, dass ich meine Eltern verletzt hatte, denn sie hatten damit nichts zu tun. Die Aufdeckung war befreiend. Das Amtsgericht in der Kölner Straße war eine ganz schräge Bühne, auf der man als Angeklagter lügen durfte. Ich habe Lügen immer gehasst, und daher war das mein einziger Auftritt. In der Kölner Straße.

Dass es bis heute meine Straße blieb, fand ich immer ein nettes Detail. Sie hat mich dahin geführt, wo ich jetzt bin. Irgendwie auch keinen Schritt weiter. Rolltreppe gegen Laufrichtung aufsteigend bleibt plötzlich stehen, und du verlierst deinen Halt, das Körpergefühl. Die alte Straße deprimiert mich heute, sie ist verkommen, verdreckt, die schönen alten Häuser haben herausgerissene Klingeln, kaputte Fenster, Polyester-Decken als Junkie-Gardinen, Leerstände und schimmelnde Keller. In Watts und Compton habe ich ähnliche Settings erlebt, kulturell angepasst in Holz und mit mehr Sonne.

Ich will, dass es so wie vorher wird. Klar. Wie ganz früher und wie immer mal wieder zwischendurch. Ich verstehe Jacques heute besser. Wenn ich an ihn und an meinen Vater denke, habe ich das klare Gefühl, es ihnen zu schulden. Eigentlich ist es nicht nur das Lügen – es ist das Verstecken, das Umgehen, das Vermeiden, das Arrangieren, das in Papier einwickeln von Flaschen, damit sie nicht klirren in der Einkaufstasche und dann im Haushaltsmüll unsichtbar werden. Pfandflaschenrückgabe ausgeschlossen. Es ist das Jonglieren deiner gesamten Existenz um deren zentrale Problematik. Es ist Vertrauensbruch. Es ist das ständige Vermeiden von Situationen, in denen du lügen würdest.

Eigentlich bist du von deinem eigenen Verhalten fremdgesteuert. Deine Restpersönlichkeit erfindet dann abends noch Kommentare, um den Weg zur Trinkhalle zu erklären und lenkt dich komplett von dem minimalen Kick und dem langen Tag danach ab. Die kleinen Ticks und Tourette-Attacken sind absolut passende, künstlerische Umsetzungen der Gesamtsituation. Du wirst zu deiner eigenen Handpuppe. Deine zuckenden, eckigen Armbewegungen und die rausgeschleuderten Laute und Wutbegriffe sind so lächerlich und überflüssig, dass du, selbst neben dir stehend, an der Verantwortung dafür verzweifelst. Und wieder versteckst du dich und die Puppe.

Und morgens wirfst du alles weg, was nicht da sein darf.

Und nachts ziehst du es wieder heimlich aus dem schmierigen Müllcontainer.

Außer Montags.

Heute war Dienstag.

Mehr Müllabfuhr.

Heute ist Mittwoch, der 11.11. und Alkoholverbot in der Stadt. Ich glaube, ich übernehme das mal.

Fail.

Heute ist Freitag, der 20.11. Es ist kalt, aber die kleine warme Welle strömt in mich hinein, nachdem sie kristalline, scharfkantige Angstpartikel vor sich hergeschoben hatte. Die schmolzen wie gewohnt nach wenigen Minuten dahin, wo sie unauffällige Tribünenplätze einnehmen können, um dann selbst einzuschlafen. Heizpilze und Opiate und Hiromi-Platten sind verboten, V2 Schneider kontrolliert die Schwingungslizenzen und schickt Temperaturverführer auf die Straße. „Sie haben Temperatur! Schonen Sie sich!" Temperaturverbot in der Stadt. Ich glaube, ich übernehme das mal.

Heute ist Mittwoch, der 25.11. Ich habe etwas auf der Haut, das da nicht sein soll. Ich habe vier Termine, an denen mir das Problem abgenommen wird.

Gestern war Freitag, der 27.11., und ich habe panisch fünf Pillen aus dem Blister gedrückt, sie in das Toilettenbecken fallen gelassen, dann die Verpackung mit einer Nagelschere in kleine Stücke zertrennt, die ebenfalls ins Klo fielen, habe die Spülung betätigt, und die Blister-Fragmente waren verschwunden. Ich war mir sicher, einige von ihnen würden an der Wasseroberfläche bleiben und sich nicht so einfach wegmachen lassen. Am Boden der Toilette, circa 20 Zentimeter unter Wasser, klebten drei der fünf Tabletten und schauten mich fragend an. Nein, sie boten mir an, zu bleiben, mit halb offenen Augen, einem leicht irritierten Blick, die Köpfe leicht seitlich geneigt, die Schultern hochgezogen. Ich bewegte meine rechte Hand vorsichtig in das sofort kleine Wellen werfende Wasser des Spülbeckens, griff daneben und zog meine Hand vorsichtig zurück. Zwei Tabletten waren noch zu sehen. Ich versuchte es wieder, ganz langsam, und spürte, dass ich dran war, griff aber ins Nichts. Ich sah feine Pulverwolken neben einem Krümel, der sich aus irgendeinem Grund bei meiner Berührung nicht zerstäubt hatte. Ich versucht ihn zwischen Zeigefinger und Daumen zu bekommen worauf er dann auch entmaterialisierte.

Ich sehe kurz meinen chinesischen Freund F vor mir, wie er morgens auf dem feuchten Rasen kniend, vorne übergebeugt, den Kopf ganz nah an den sauber geschnittenen Halmen des Gartens seines Elternhauses, tief durch die Nase einatmete. Ganz nah an dem kleinen, unerreichbaren Dschungel, dem er in der Nacht zuvor aus Angst vor der Übermacht, sein Problempulver überlassen hatte, das er sich jetzt verzweifelt wieder in die Unterdruck-Kapillare ziehen wollte. Aber die Natur und der Tau lachten ihn aus. Habe ich aber schon mal erzählt. Dauerschleife. Immer wieder.

Ich hatte meine rechte Hand noch mit drei ausgestreckten, zitternden Fingern im Wasser, als ich mit der linken die Spülung betätigte und dann doch hektisch mit der anderen im Becken rumwirbelte, damit sich das Problem final löste. Ich bereute es in dem Moment, als die Geräusche der Spülung und des nachlaufenden Wassers nicht mehr zu hören waren. Weg war nichts. Der komplette Film war in meinem Kopf. Kein Film; eine multimediale Plattform mit vielen Links und einem Zurück-Button, der nicht funktionierte.

Ich dachte kurz darüber nach, früher zurückzureisen, um den verbliebenen Nachschub zu retten. Direkt morgen früh. ∞

100 ∞ LEAVING

Auf der Zugfahrt durch eiskalte Landschaften denke ich nur an meine beiden Feindfreunde, von denen ich den einen heute Morgen einmal mehr verflucht habe, weil er mich, wie zuletzt immer, ausgelacht hat, mit auffliegenden Lügen gedroht hat, der Beweisstücke zwischen stinkendem Haushaltsmüll auspacken würde, die ich zur Geräuschdämmung in drei Lagen Zeitungspapier eingewickelt hatte, Das Glas zum Schweigen bringen.

Mein anderer Freund ist eigentlich eine Freundin, und sie und ihre kleinen runden Mitläuferinnen erwarten mich. Ich spiele die Möglichkeiten durch: Sie töten und nie darüber reden. Sie ausliefern und weiter vermissen. Mit einer Lüge noch einen Abend verbringen. Sie bei mir aufnehmen.

Das Licht, das Eis, die ruhige Fahrt sind wunderschön, auch wenn meine Füße zu frieren beginnen. Ich will nicht fotografieren, weil ich damit wieder scheitern werde. Ich will nicht scheitern.

‚Ain't Nothing Like The Real Thing, Baby' höre ich in meinem Kopf, von der Jahrhundert-Compilation ‚Rhythm, Country & Blues' (1996). Wer hat es gesungen? Eigentlich Tammi Terrell & Marvin Gaye, meine Version ist die von Vince Gill & Gladys Knight.

Ich fahre an dampfenden Komposthaufen auf grünweiß gefrorenen Wiesen und eiskantigen Äckern vorbei. Habe mich näher an die Sonnenseite gesetzt, was das Schreiben anstrengender aber das Denken einfacher macht. Ich wechsele die Seite, sitze jetzt direkt am Fenster und versuche, etwas auf dem gleißenden Monitor zu erkennen. Es geht. Meine Beine werden warm.

Ich denke über Wärme nach.

Mit Selina in ihrem Zimmer, nackt unter dicken Decken, ihre Mutter kommt in den Raum, setzt sich auf unser Bett und erzählt, dass Jean Paul Sartre gestorben sei. Mit Selina hatte ich Pilze gegessen, für uns nur ein einmaliger Versuch, der fast kühl endete aber schnell vergessen war. Wir waren uns anders viel näher. Wir liefen durch den Wald, lachten, redeten und legten uns ins hochgewachsene Gerstenfeld.

Mit meinem Vater in der Küche meiner ersten eigenen Wohnung, über die er sich fast mehr freut als ich, mir beim Anstreichen hilft, mit einer Begeisterung und Freude für mich, als würde er selbst einziehen.

Mit Katarina in den 90ern irgendwo in Kalifornien, als wir durch eine Hotel-Lobby gehen und ein junges Mädchen, vielleicht 20, mir in die Augen blickt und „Hallo" sagt. Nicht „Hello" oder überfreundlich belanglos „Hellowow", sondern akzentfrei deutsch „Hallo". Ich spürte etwas Unbekanntes, sehr warmes und sagte später zu Katarina: „Das fühlte sich so an, als sei ich heute Abend meiner Tochter begegnet." Es fühlt sich auch fünfundzwanzig Jahre später noch so an.

Als wir damals darüber sprachen, dachte ich mir ein System aus, mit dem ich von oben auf die Welt blicken konnte. Kleine Punkte verrieten die Aufenthaltsorte von Menschen, die ich kannte, von Menschen die ich nicht kannte, die mir aber schon mal begegnet waren, und von Menschen, die ich eigentlich kennen müsste. Deren Punkte blinkten dann offensichtlich geheimnisvoll, und den Gedanken, dass mir mein System erklärt, warum, verfolgte ich nicht weiter, weil mir das albern und zu SciFi oder überwachungsstaatmäßig vorkam. Aber es gab eben diese Nacherlebnisse mit den erstaunt-enttäuschten Standardsätzen wie „Dann wart ihr auch da? Zur selben Zeit? Dann hätten wir uns doch ..." Ich hatte und habe eigentlich selten Bedarf an „Dann hätten wir uns doch ..."-Erlebnissen, obwohl ich mich wie ein Kind freue, wenn sie zufällig passieren. Frauen, die ich für meine Tochter halte, spreche ich seitdem sofort an, das stand Stunden nach dieser verpassten Chance fest. Die Gelegenheit ergab sich allerdings nicht mehr. Und vielleicht hätte das Mädchen in Barstow oder Bakersfield dann auch nur geantwortet: „Oh, I saw, that you both are german, and I love Germany. Ich hatte Deutsche Sprache in High School." Oder etwas Anderes. Es ist vielleicht schöner, sie so nicht vergessen zu haben.

Sehen, wo meine Freunde und alle anderen Menschen sich aufhalten, was sie fotografieren, was sie tun, zu tun beabsichtigten, was sie irgendwann mal, ohne nachzudenken, getan haben, wo sie wann verschwunden sind, ist mittlerweile kein Problem. Aber das warme Gefühl ist verschwunden. Glück. Liebe. Angst. Die Frau, die mich umarmt, anlächelt, loslässt, mich wegstößt und dann auf den Balkon rennt, um über das Geländer zu fliegen. Glück. Depression. Angst. Tod. Alles bleibt. Die große Wärme nicht. Die Erinnerung verblasst.

Eine andere Wärme ist da, wenn sie mir sagt, wie gut es uns geht. Wenn sie in einem Restaurant, das zwanzig Jahre nach unserem ersten Besuchs so anders aussieht, wie wir jetzt anders aussehen, weint und erzählt, dass sie sich nie wieder so frei gefühlt habe wie damals. Wenn sie mich umarmt und vorsichtig küsst und dann erzählt, was sie beim Einkaufen vergessen hat. Wenn sie sich über ihre Blumen freut und die Katze krault. Wenn wir reden.

Über die verlogenen Wärmen meiner Suchtsehnsucht, für die ich selbst verantwortlich bin, rede ich nicht. Nur keine Mitschuldgedanken oder Konsequenzen auslösen. Ich lüge, um nicht handeln zu müssen. Weil ich immer weniger handeln kann.

Es ist Montag, der 30. November, 10:59 Uhr.

Ich will ‚Leaving' von und mit Richie Beirach hören, von John Scofields Live-Album aus dem Domicile in München. Heute Nacht.

Es ist Montag, der 30. November, 20:18 Uhr.

"Feel so good – it must be wrong
this junk is really workin' out pretty strong
feel so high, it must be low
move so fast, it's almost slow"[14]

Es ist Dienstag, der 01. Dezember, 12:39 Uhr.

I threw 'em outa my life. „Completely?" fragt Bill Burroughs knarzende Stimme? Ich antworte nicht. Es würde eine Menge Denkspielraum frei werden. Ich bin instabil geworden, vor fast genau einem Jahr, bei der weirden Jägerzaun-Hochzeit, wo mir lallende Sonderpädagogen, in Tischplattenhöhe durch eine Kornflasche blickend, Worthülsen über Alkoholkonsum entgegenrollten. Die kleinen, schräg angesetzten Radarschirm-Sternwartengläser sehen aus wie Effelsberg, und Hauptsache, der Sohn ist nicht schwul oder arbeitslos. Ich kann es bis heute nicht fassen, gegen diesen Verein dauerhaft verloren zu haben. Falsch: Gegen mich verloren zu haben. Und was Lügen abseits arbeitsloser, schwuler Söhne angeht, momentan nicht so viel anders zu sein, als sie. Wenn sich das Sein-wollen zum Lebensinhalt erhoben hat, bleibt weder Zeit noch Festplattenspeicher für so einen elementaren Scheiß wie Glück. Für sie ist die Wahrheit hinter dem Sein-wollen schmerzhaft, für mich liegt da diese Freiheit aus der Zeit, als die Taverne auf der grünen Insel und wir noch anders aussahen.

Da weder ‚Doin' It', noch ‚Heroes', noch ‚Always Crashing In The Same Car' noch ‚There She Goes Again' und kaum noch ‚Sons Of The Silent Age' und die deutsche Geheimwaffe ‚V2 Schneider' wirklich aufblühen, wenn ich die Heizung anmache, sondern mir direkt die Rechnung auf den Tisch knallen, kann ich es auch sein lassen.

Aber ich kann es jetzt gerade einfach nicht.

Edge.

Es ist Mittwoch, der 02. Dezember, 00:52 Uhr.

Lost.

09:29 Uhr. Kill you.

15:17 Uhr

∞

Es ist Donnerstag, der 10. Dezember, 12:21 Uhr.

Auf der Fahrt durch eiskalte Landschaften denke ich ans Schreiben, an das, was mir fehlte, an das, was Zukunft sein soll und an das, was wirklich sein wird. Gestern habe ich wieder Musik gemacht.

∞

Vor einer Woche habe ich alles entsorgt. In zwei Anläufen. Die Apothekerin – es war bei beiden Besuchen die selbe junge Frau, mit großen dunklen Augen – schaute mich entsetzt, beim zweiten Besuch fast ängstlich an. Es war für diesen Berufsstand in diesem Stadtviertel ganz sicher die absurdeste Situation überhaupt: die Umkehrung des Versuchs mit gefälschtem Rezept an Wärme und Geld zu kommen. Für sie die Antizipation eines Einbruchs in den opioiden Hochsicherheitsbereich, in den sie jetzt mit meinen Retouren eintreten, sie vermutlich registrieren und oder vernichten musste. Was ich ihr mit verzweifeltem Blick auf die schmale Theke legte war unwirklich. Sie wich ein paar Zentimeter zurück, zögerte, schaute mich kurz an, griff dann durch die Öffnung am unteren Ende der Plexiglas-Schutzwand und ließ die letzte Packung schnell nach unten verschwinden. Als wolle sie handeln, bevor dieser absurde Tagtraum sich als unwahr rausstellen könnte. Sie nickte, ihre Augen zeigten eine Bewegung, die darauf hindeutete, dass sie kurz zu lächeln versuchte. „Ja, vielen Dank. Also zur Vernichtung? Wir vernichten das dann?" „Ja, darum geht es." „Dann noch einen schönen Abend." „Ihnen auch."

I left.

∞

200 ∞ LUEGEN

Das Schlimmste an der Sucht sind die Lügen, die Einsamkeit im Versteck, der isolierte Kick, der halberfrorene Kick, der nicht mehr richtig kommt, die abkühlende, undurchdringbare transparente Gummidecke der ganzen Rest-Welt um dich in deinem ice cube, aus dem du weiter winkst, als würdest du am Fenster sitzen. Und denkst, sie merken es nicht. Du glaubst es noch nicht mal dir selbst.

Einer der schlimmsten Menschen, die mir begegnet sind, jemand mit dem ich einen langen Weg ging, war die personifizierte Lüge seiner Selbstsucht, seines gefallen Wollens, seiner Rechthaberei, seines schlecht getarnten hierarchischen Charakters, seiner immer wieder aufblitzenden Homophobie, die er in kurzen Bemerkungen, getarnt als ganz normale, lustige kleine Small-Talk-Gehässigkeiten verkaufte, immer tangiert von einer kleinen Anekdote von seinem schwulen Friseur. Der typische, latent anders-sein-wollende-als-er-eigentlich-ist und sich überall eingrätschende Mr. Know-it-all, dessen Inkompetenz und fehlende Erfahrung in vielen Bereichen immer wieder nur mit Lügen, Intrigen überleben konnte. Und durch merkwürdige Spiegelwesen, die sich durch devotes Staunen, Nicken, Nicht-weiter-nachfragen und „So-ist-er-eben"-Analysen selbst Vorteile verschafften, und sei es nur ein Mittagessen.

Es gibt diese Menschen, die durchaus Erfolge haben können, obwohl es ihnen nie um die Sache geht, für die sie bezahlt werden. Er hasste mich wahrscheinlich schon sehr lange, weil ich ihn oft an die Sache erinnerte: an Termine, an offene Fragen und andere Dinge, die bei ihm übrig geblieben waren, nachdem ich meine Aufträge fast erledigt hatte und eben noch ein paar Fragen zu beantworten waren. Er war einer, der untergebene Anhänger suchte, um noch mehr nach oben zu scheinen. Und dann auf Applaus wartete, der auch immer wieder kam. Egal woher. Nicht von mir.

Irgendwann mussten andere gehen, die bleiben wollten, sie wurden weggeschickt, weggeekelt, weggemobbt, und das kam auf unserem Weg öfter vor. Ich blieb.

Dann kam der Zeitpunkt näher, an dem er gehen würde, und er begann damit, mich endgültig zu demontieren. An den Rand zu schieben, zu isolieren, intrigierte, log über schriftlich fixierte Tatsachen, stellte Krankheiten als Arbeitsverweigerung dar und Unfälle als Affront. Er ging, nicht ohne sich vorher noch einen Fantasiestatus bescheinigen zu lassen, um sein eigenes Andenken mitzelebrieren zu können. Noch mal überwachen zu können. Der kalte Entzug von Selbstsucht ist kaum zu überleben. Ich blieb.

Und es gingen auch die Anderen, deren Lügen und massive Betrügereien er jahrelang, devot und pflichtbewusst zum eigenen Vorteil gedeckt hatte, wie ich später erfuhr. Ich blieb.

Dann war eigentlich alles besser, aber ich wusste: So schön wird es nie wieder. Im Rumpf des Bootes stand schon lange Wasser. Ich blieb. Bei mir. Und ging.

Ich habe in den Jahren davor manchmal geträumt, man hätte mir diverse Problemsituationen erklärt, und ich hätte verstanden, dass ich alles falsch verstanden hatte. Im Traum war ich mit dieser Erkenntnis so leicht, dass ich durch alle Räume schwebte und den dort sitzenden Beteiligten immer wieder zurief: „Sorry, ich habe das alles ganz falsch gesehen! Aber es ist ja alles in Ordnung. Alles gut!" Ich hasste diese „Alles gut?"-Epidemie. Der Vorläufer „Was geht?" war schon debil genug. Auf der Beerdigung meines Vaters kam eine von der Gesamtsituation sichtlich überforderte Bekannte auf mich zu, und fragte, ob denn alles gut sei. Diese Sekunden, in der ihr selbst die Bedeutung der Worte „alles" und „gut" in dieser finalen „Nein, hier ist gerade wirklich nicht alles gut"-Grenzsituation spontan wehtaten, waren entlarvend für die Banalität dieser Zeitgeist-Floskel.

Ich wollte jahrelang eigentlich immer Unrecht haben, was das dekadente, im Zerfall befindliche System und seine verlogenen, korrupten Protagonisten anging. Schweben konnte ich noch, denn ich liebte ja weiterhin meine Arbeit. Dieses Schweben wollte ich retten. Mein Leben. ∞

300 ∞ SO TUN

Ich spreche nicht mehr über das, was war, was noch ist, was geht, was heute ganz gehen soll. Heute bringe ich den letzten Müll weg. Heute morgen habe ich mich bewegt. Heute morgen habe ich mir einen Kaffee gekocht und angefangen zu schreiben. Es endlich wieder mal versucht.

Es gibt nichts Anstrengenderes als den Gedanken, etwas tun zu wollen und es dann gar nicht zu versuchen. Enttäuschte gute Vorsätze werden zu einem dich ständig begleitenden Feind und reißen dir stündlich von innen kleine Fetzen aus deinem Körper. Wunden, die du immer schlechter vor denen verstecken kannst, die dich von außen verletzen. Irgendwann weißt du, dass es Menschen gibt, vor denen du dich nicht verstecken willst. Musst. Brauchst.

Als ich am nächsten Morgen so besinnungslos aus dem Bett taumelte, wie ich vier Stunden vorher wahrscheinlich reingefallen war, stand ich mit meinen nackten Füßen auf dem nassen Teppich. Ich hatte ihn vollgepisst, wahrscheinlich auf der Bettkante sitzend, und Flaschen umgeworfen. Ich hatte keine Erinnerung, nur Kopfschmerzen und einen dezenten Ekel, der mich vorwurfsvoll und vor allem enttäuscht anhauchte. Ich rollte den Teppich zusammen und schleppte ihn zur Badewanne, putzte den Boden bei offener Balkontür und überlegte dabei, ob jemand, der mich beobachtete, aus diesen Bildern die ganze Geschichte rekonstruieren könnte. Ich zog mein Bett ab, zog mich aus, packte alles in die Waschmaschine, duschte, sprühte mit nach Zitrone duftendem Desinfektionsspray herum. Ich schämte mich und überlegte, ob das jetzt der Kick sei, der etwas ändern konnte, der mich etwas ändern ließ?

Zwölf Stunden später war der Ekel immer noch da. Der Geruch war geblieben. Wie eine Erinnerungsnarbe in meiner Nase.

Anderthalb Tage danach war ich wieder im Spiel, das keins mehr war. Das Wort war plötzlich da, und gefühlt machte es mir Angst: Ich war im Sog. Ich flog durch eine Tunnelröhre, immer weiter ins Nichts. ∞

400 ∞ MACHEN

Heute morgen habe ich mich bewegt. Heute morgen habe ich mir einen Kaffee gekocht und angefangen zu schreiben. Und seit ein paar Tagen überlege ich, ob es nicht besser wäre, erst mal nur alleine zu bleiben, nur für mich zu schreiben und den ganzen Dreck wirklich hinter mir zu lassen. Dann wird vielleicht das wieder sichtbar, was mal mein Leben war. Und bleibt.

Idee. Vorschlag. Frage. Entscheidung. Ich weiß jetzt schon, dass es nur eine befreiende Entscheidung gibt: Stop! Und damit eigentlich keine Frage. Aber das System hat abgefärbt, und nach diesen Jahren blättert da immer mehr der Lack. Lügenlack. Lacklügen-Verlogenheit.

Next step, please.

Der sich selbst betrügende Betrüger neutralisiert den vergangenen Abend, indem er den Müll wegbringt, zwei Gorbatschow-0,2-Flachmänner sorgfältig in einem Luftpolsterumschlag untergebracht, mit etwas Zeitung zwischen den leeren Flaschen, die dann unter tomatensoßeverschmierten Gemüseresten des Abendessens vor dem Rückfalltrinken gut getarnt entsorgt werden können. Eben habe ich noch Mrs. Chen am Telefon erklärt, wie Lügen funktioniert, und wie laut A dich anschreit, wenn du dich trennen willst. Herr Chen ist im Entzug. Klinisch. „Ich hatte es einfach nicht gemerkt, Jan", erzählt seine Frau. „Gemerkt, dass es wieder so weit war." Im Nachhinein habe sie dann alles Mögliche, was in den zurückliegenden Wochen passierte, noch mal nacherlebt. Anders. Und verstanden. Chen war ein nervöser Lügner. Ein absolut liebenswerter, kreativer, offener und humorvoller Mensch, wenn er nicht lügen musste, oder eben einfach nicht log.

Auf dem Luftpolsterumschlag klebt ein Etikett mit meinem Namen und Anschrift. Gelegentlich habe ich solche Hinweise hangover-paranoid, vor der Entsorgung, noch entfernt und im separaten Papiermüll untergebracht. Denn ich kenne ja Menschen, die nachts im Müll-Container rumwühlen. Und sich dabei vor sich selbst bloß stellen. Und das nicht mehr wollen.

„Es gibt nur eins: Stop! Nie wieder trinken", erzähle ich Mrs. Chen. „Aber der Alk tippt mir ständig auf die Schulter, küsst mich, brüllt mich an oder schreit einfach nur, wenn ich Ruhe will." „Irgendwann hört das Schreien sicher auf, Jan", meint sie. ∞

500 ∞ DIESEN TAG

„Den Tag wirst du dir merken können", hallte es in meinem überhitzten Kopf. Es klang distanziert und enttäuscht. Ich war enttäuscht von mir, weil ich mal wieder verloren hatte. Ein weiteres kleines Spiel. Es wurde langweilig.

„Diesen Tag wirst du dir trotzdem merken können." Ich nickte und begann zu schreiben.

Mein Vater ist gestorben. Meine Katze ist gestorben. David Bowie ist gestorben. Lemmy Kilmister ist gestorben. Herman Brood ist gestorben. Jacques ist gestorben. Marta ist gestorben. Carla Bley, Robbie Robertson, John Shaft, Ali, Manni und die alte

Frau, die mir immer Obst schenkte, sind gestorben. Ich vermisse das Leben. Und die Überlebenden.

Belgique habe ich schon ein paar Mal erwähnt. Wir sind im selben Dorf aufgewachsen und standen beide immer auf Musik. Einige Jahre nachdem ich in die andere Stadt gezogen war, verließ unser kleptomaner Schlagzeuger, am Morgen nach einem Konzert, meine Band. Fünf Tage vor dem nächsten Gig. Ich telefonierte einmal, fuhr mit einem Kombi 200 Kilometer raus aufs Land, lud Belgique und sein Drum-Set ein und abends spielten wir – in seiner neuen Band. Am Wochenende lief der erste gemeinsame Job. Zwei Wochen später wohnten wir zusammen. Und alles lief gut, bis zu dem vielen Alk noch zu viel Pulver kam. Im Halbkoma legte er mir eine Line unter meinen auf die Tischplatte geknallten Kopf, und ich war mal wieder dabei. Zum Glück aber so besoffen und am nächsten Morgen so doppelt ausgekotzt, dass es fast keine Rolle mehr spielte.

Für ihn ging es von da an zwanzig Jahre bergab, ich bevorzugte abwechslungsreiche Mittelgebirgslandschaften. Zwei Täter, die immer wieder ihre eigenen Opfer wurden, mit fast identischem Selbsttäuschungspotenzial, gegen das man manchmal laut anschreit und dann auch mal als Opfer dem Täter in die Tasche greift, wenn es was zu holen gibt. Und umgekehrt. Schuld ist immer der andere. Und Gründe sind Bestrafung, Nerven, Musik oder Menschen als Trigger, Verletzung oder auch die diffuse Idee, eine Belohnung verdient zu haben. Ja, eine Belohnung: zum Beispiel für 24 Stunden clean und trotzdem gut drauf zu sein. So oder ähnlich lügt dich der Suchtdruck an, und du klopfst ihm auf die Schulter und bittest ihn rein auf ein Glas. Hunderte Male hat er schon so gegen dich gewonnen und auf deine Kosten mitgesoffen. Irgendwann musst du alle Türen geschlossen halten. Und dann trotzdem rauskommen – dahin, wo mal Freiheit war. Und der Rest des Lebens, das mal deins war.

Wir sind schon ein paar Mal nach stundenlangen lustigen, ironischen und ernsten Gesprächen über Ziele und Kämpfe, sehr optimistisch auseinandergegangen. Belgique ist der einzige Mensch, der die ganze Geschichte kennt. Wir egomanen Selbstverwirklichungs-Auszubildende sind wirklich unsere eigenen Opfer geworden. Und unsere Retter.

Heute hatte ich zum ersten Mal Angst, ihn nicht wiederzusehen. Irgendwann wird einer von uns fehlen. Fuck. ∞

600 ∞ KILL THE KILLER

Den Tag, den ich mir merken sollte, hatte ich schon lange vergessen, denn alle Tage waren wieder gleich. Und dann bekam ich auch noch die Spritze in den Arm, gegen die dritte Seuche, mit einer Substanz, die mir nach ein paar Stunden klarmachte, dass ein ganz anderer Zustand einfach besser für mich ist. Ich wollte zurück in das Davor, von dem ich schon lange nur noch Bilder ohne Farben hatte. Monochrome Erinnerungen in 2D. Maximal. Ich wollte zurück ins Leben.

Und dann doch wieder nicht. Rewind. Play. Rewind. Play. Rewind. Bandsalat. Kurze Episoden verschlucken mich, um mich Stunden später wieder auszukotzen. Vom Wollen alleine ist noch niemand clean geworden. „Yes, I will" heißt bekanntlich „Ja, ich werde …" Ja? Und was wirst du? Auf einer dreckigen weißen Werbetafel mit diffuser Schrift aus schlecht konturierten Buchstaben lese ich: „Typischerweise bestehen ein Verlangen, die Substanz einzunehmen, Schwierigkeiten, den Konsum zu kontrollieren und anhaltender Substanzgebrauch trotz schädlicher Folgen:

Dem Substanzgebrauch wird im weiteren Verlauf oft Vorrang vor anderen Aktivitäten und Verpflichtungen gegeben: Es bestehen anhaltend Schwierigkeiten, den Konsum zu kontrollie … anhaltend Schwie … bstanz einzunehmen …" Ich denke noch kurz darüber nach, welche Buchstaben fehlen und ob zwei Sätze, die mit Doppelpunkten enden, direkt hintereinander stehen dürfen. Geht natürlich nicht, but who cares? Ich habe mehr Doppelpunkte, als ich brauche, und keinen Text mehr für dahinter. Auch keinen Punkt. Ich stehe neben mir und beobachte, wie ich immer wieder alles altbekannte Falsche tue und die Sehnsucht nach dem fast vergessenen Richtigen körperlich weh tut. Nebel fällt. Mein schwarzweißer Nebel. NebeLeben. nebeL. lebeN. Retsinakanister. retsinakanisteR. Der klinischen Palindromie und dem undogmatischen, exzessiven Doppelpunktgebrauch wird im weiteren Verlauf Vorrang vor anderen Aktivitäten und Verpflichtungen gegeben. Rewind : Play : Rewind : Play : Rewind : Stop.

Ich höre den Zug.

Ich drücke wieder auf Play: ‚Kommunistenlibido' von Nichtseattle gibt mir ein bisschen zu Hause im Nichts. Stop. Das Tapedeck ist ein Plattenspieler geworden. Ich lege eine neue Vinyl auf die gerade abgespielte drauf, setze den Tonarm mit nervöser Hand in die Einlaufrille und höre ‚Witchy Activities And The Maple Death' von dieser genialen Gitarristin, Sängerin, Künstlerin[15] … Sofort greife ich nach der nächsten Plattenhülle, ziehe die Scheibe raus und lasse die mir aus der Hand rutschende Vinyl auf den laufenden Player fallen der mit einer groben Scratching-Einlage zu ‚Message To Outer Space' von Meteors[16] springt, um dann deren Musik nach wenigen Sekunden mit lautem Krachen und Zerren in einem unendlichen Hallraum verenden zu lassen. Aus den weich und weiß rauschenden Klangresten schweben mir leise Pianotöne entgegen, sie werden von tiefen Basslinien und schwirrenden Becken- und knöchernen Snare-Sounds getragen: Julia Kadel hat mich sofort extrem berührt. ‚Powerful

Vulnerability', kraftvolle Verletzlichkeit – „Ja, das geht wirklich zusammen, denn auch bei sensiblen Menschen muss eine emotionale Gratwanderung ja nicht unbedingt im Abgrund enden", erzählt mir das Klavier.

Ich höre den Zug.

Ein dunkler, samtiger Vorhang fällt vom Himmel, und jetzt sitzen Culk aus Wien vor mir, fluten meinen heißen Kopf mit ‚Generation Maximum' – ‚Willkommen in der Hedonie': "Wir suchen nach Glitzer, nach dem hellsten Geröll und Blitzen. Wer sich heute Nacht verliert, wird sich nicht finden", grunget Sängerin Sophie Löw rätselhaft.[17]

Sie machen, was sie wollen. Habe vergessen, wie das geht. Aber es wird zurückkommen. Ich werde dahin zurückkommen.

Ich höre den Zug, jetzt direkt neben mir. Ich drücke auf Record und nehme die quietschenden Bremsgeräusche und dann das laute Rattern und Zischen der mechanisch-pneumatischen Tür-Entriegelung auf. Ein südländisch aussehender Mann in blauer Uniform stürzt bizarr gestikulierend auf mich zu und brüllt: „Suplemento! Tienes que pagar extra. Suplemento!"

Ich verstehe ihn nicht.

Mein Kopf fällt nach vorne und ich werde wach. ∞

000 ∞ STATION

Ich schrecke hoch, mir ist kalt. Es ist zu hell. Ich sitze in einem leeren Regionalzug, der mich in zwei Stunden und 21 Minuten nach Hause bringen soll. Drei Haltestellen weiter steige ich aus. Warte. Fahre mit dem letzten Zug zurück zu dem menschenleeren Vorortbahnhof.

Ich gehe die Treppe runter, durch die nach feuchtem Schimmel riechenden Unterführung. Dann stehe ich an Gleis 1, vor der Kneipe. Alle haben geraucht in diesem Laden. Auf einem Schild im dunklen Fenster, mit den schweren, vergilbten Vorhängen, lese ich, dass die Bahnhofswirtin Uschi hieß.

Irgendwann werde ich hier wieder mit Belgique in der Sonne sitzen und Curry-Wurst mit Pommes essen, draußen, auf der Terrasse. Der Glaskasten in dem mal die Speisekarte hing ist leer. Vermutlich haben die Spinnen alles gefressen.

Nach einer Stunde kommt das Taxi.

Ich muss wieder mehr Musik hören.

∞

PLAYLIST ∞ VISUALS

YouTube

Im YouTube-Kanal www.youtube.com/@JANURBANEKPOPSOG findest du eine Playlist zu diesem Buch, mit vielen Stunden Musik. Sie heißt POPSOG – SOME KINDA SOUNDTRACK. Ich kann nicht zu Musik lesen, aber du vielleicht.

Mehr Output gibt's bei
www.instagram.com/jan.urbanek.popsog
und auf www.facebook.com/janurbanek.autor

Instagram

QUELLEN

1 „Der Höllentrip" (1980) von Ken Russell, mit William Hurt und Drew Barrymore (Originaltitel: „Altered States").

2 Artikel: Floating-Tank. Auszüge zitiert nach de.wikipedia.org/wiki/Floating

3 Textauszug aus ‚Für wen wir singen' (1967), von Franz Josef Degenhardt

4 David Bowie, ‚DJ', vom Album ‚Lodger', 1979

5 „und jetzt in der Festhalle in Frankfurt: Ten Years After!" Ten Years After: Recorded Live (1973)

6 Jimi Hendrix in ‚Crosstown Traffic' vom Album ‚Electric Ladyland' (1968)

7 The Velvet Underground in ‚Heroin' vom Album ‚The Velvet Underground & Nico' (1967)

8 The Velvet Underground in ‚Pale Blue Eyes' vom Album ‚The Velvet Underground' (1969)

9 Eine Wortschöpfung des Autors. Aus Alkohol, Level und Loser, als Synonym für Pegeltrinker

10 WHO in ‚Global status report on alcohol and health' (2016)

11 Prince in ‚Sign O' The Times' vom gleichnamigen Album (1987)

12 Auszüge zitiert nach de.wikipedia.org/wiki/"Heroes"_(Album)

13 Herman Brood in ‚Dope Sucks' vom Album ‚Shpritsz' (1978)

14 "Feel so good ..." Text-Auszug aus Herman Brood: ‚Doin' It' vom Album ‚Shpritsz' (1978)

15 Monika Roscher BigBand: ‚Witchy Activities And The Maple Death' (2023)

16 Sebastian Gramss States Of Play/Meteors: ‚Message To Outer Space' (2023)

17 Culk: ‚Generation Maximum' (2023)

subkultur

Ebenfalls erschienen:

SIBBE RAKETE:
„Provinzrebellen"

Ein 90er-Jahre-Roman voller Punks in dörflicher Tristesse, Revolte, Partys und Punk-Mucke

Der 18-jährige Sibbe setzt sich in seinen Bulli und fährt los, um sein Leben als Punk auf dem Dorf hinter sich zu lassen. Auf seiner Fahrt lässt er die letzten Jahre Revue passieren. Er blickt zurück auf die Anfänge, als Punk ein Mittel gegen die Tristesse der Provinz wird, auf die Konflikte mit Eltern und Großeltern, aber auch auf seine erste Liebe und den damit verbundenen ersten großen Kummer. Und während Sibbe sich an Exzesse, Frustrationen, Freundschaften und eskalierende Demos erinnert, läuft sein Aufbruch in ein neues Leben auch anders, als er sich das so gedacht hat …

„Provinzrebellen" ist eine leidenschaftliche Ode an die Punk- und Independent-Subkultur kurz vor der Jahrtausendwende und zugleich ein authentischer, zeitloser Coming-Of-Age-Roman über die endlose Suche nach einem Platz in einer konservativen, verstaubten Gesellschaft.

www.subkultur.de